contos para ler ***na escola***

Machado de Assis • Isaque Fonseca
Moacyr Scliar • Lima Barreto • Nélida Piñon
Rubem Braga • Mario Sabino • Luiz Vilela
Graciliano Ramos • Cristovão Tezza

contos para ler *na escola*

[org.] MIGUEL SANCHES NETO

EDITORA RECORD
RIO DE JANEIRO • SÃO PAULO

2007

CIP-Brasil. Catalogação-na-fonte
Sindicato Nacional dos Editores de Livros, RJ.

C781 Contos para ler na escola / Cristovão Tezza... [et al.]; [organização] Miguel Sanches Neto. – Rio de Janeiro: Record, 2007.

ISBN 978-85-01-07766-0

1. Antologias. (Conto brasileiro). I. Tezza, Cristovão, 1952- . II. Sanches Neto, Miguel, 1965-.

CDD – 869.93008
07-1069 CDU – 821.134.3(81)-3(082)

EDITORA RECORD LTDA.
Rua Argentina 171 – Rio de Janeiro, RJ – 20921-380 – Tel.: 2585-2000

Impresso no Brasil

ISBN 978-85-01-07766-0

PEDIDOS PELO REEMBOLSO POSTAL
Caixa Postal 23.052
Rio de Janeiro, RJ – 20922-970

Sumário

APRESENTAÇÃO

Os espaços da aprendizagem são sempre palcos de relações densas. Um terreno, portanto, fértil para a literatura. Os contos aqui reunidos fazem uma radiografia desses espaços, aprofundando nosso conhecimento da escola e do ser humano. O leitor sai de cada narrativa com um maior conhecimento dos embates próprios das situações formadoras.

A escola ou, de forma mais genérica, o ato de aprendizagem gera conflitos que determinam comportamentos de quem aprende, mas que também define a natureza de quem ensina. Uma das formas de agrupar os textos desta antologia é fazendo uma divisão dos contos segundo o ponto de vista do aluno e do professor.

Dois textos são de natureza não-ficcional neste volume. O primeiro deles é a crônica "Os astrônomos", de Graciliano Ramos. O autor conta como aprendeu a ler, algo que não ocorreu no âmbito escolar. A escola por onde passou Graciliano era uma instituição inócua, em que o ensino foi delegado a uma pessoa tão ignorante quanto as crianças. O autor define o tempo de estudo como "cinco horas de suplício, uma crucificação". A sordidez de tudo o afasta da escola e ele se inicia nos mistérios da leitura pelas mãos do pai, um homem rústico e autoritário, que lhe dá para ler um romance. Depois, quando o pai o repele, o menino encontra apoio na prima, que lhe abre todo um mundo. Ele aprende a ler num romance, guiado por uma figura feminina, que lhe explica que a leitura é uma tarefa que se limita com a astronomia – aprender as palavras como os astrônomos que desvendam segredos do céu. Eis uma das mais belas definições da leitura como um ato de paixão, conjugada num livro de ficção e não numa cartilha de letras mortas.

Uma situação diversa é vivida por Isaque Fonseca em "A lição", um texto também de não-ficção. O menino está emperrado numa lição da cartilha e, sendo de família muito pobre, não consegue ajuda em casa para sair do ponto em que se encontra. A escola apenas cobra que ele aprenda, mas não possibilita nenhum instrumento de aprendizagem. O menino acaba punido e volta a repetir a única lição que conhece, anunciando a escola como um tempo parado, não apenas sem atrativo mas também sem função.

Esse perfil de escola é tratado magistralmente em um dos contos mais conhecidos de Machado de Assis,

"Conto de escola", que não poderia deixar de figurar nesta coletânea. O menino Pilar fica indeciso entre a escola e as brincadeiras no campo e nos morros, mas opta pela primeira por medo de apanhar de novo do pai, que tenta assim corrigir o espírito aventureiro do filho. Ao ir para a escola, Pilar acaba envolvido em um ato ilegal e é reprimido pelo mestre. Para Machado de Assis as figuras do pai e do professor se confundem neste período histórico (1840) – ambos usam os mesmos métodos violentos, próprios dos senhores de engenho acostumados a punir escravos. Esta sobreposição de tais figuras é reforçada pelo professor Policarpo, que também castiga seu filho e aluno. Ele exerce assim o papel de pai-professor. Mais do que um espaço vazio, a escola aqui é o reflexo da sociedade, deformando os alunos ao colocá-los nas engrenagens de injustiça, corrupção e traição. Pilar, no final, se deixa levar pelos apelos da rua, explicitando nossa tendência para as identidades externas.

É ainda sob o signo da perda da inocência que vemos a escola em "Triste", de Luiz Vilela. O menino é desafiado pelos amigos a tocar os seios da professora de quem gosta e depois vive o drama de consciência, arrependendo-se de seu ato desvairado. Ele tem uma visão positiva da professora, que acaba magoando-o profundamente com o desenrolar do episódio no qual ela se mostra de forma brutal para o menino que, assustado, entra em contato direto com o universo adulto.

O perfil de professora que aparece no conto de Moacyr Scliar é outro. Uma pobre mulher que leciona num colégio de classe alta é confrontada por um menino inteligente. A professora está marcada pelo deslocamento. Dá uma disciplina que não é a dela, é pobre numa escola rica, não entende a ironia das crianças. O narrador a engana e a expõe a um constrangimento, para logo depois desenvolver um olhar piedoso.

Numa clave irônica, "Aula de inglês", de Rubem Braga, também denuncia o sem-sentido de um tipo de aprendizagem. Aqui, o recorte é diferente. Um adulto aprende inglês com uma professora que leva a sério seu trabalho, mas que apresenta um conteúdo tão rasteiro por meio de um método tão infantil que o encaminhamento das aulas acaba sendo cômico. O conflito se dá pelo descompasso entre a inteligência do aluno e a forma de promover a aprendizagem da língua inglesa. Rubem Braga ainda satiriza uma visão colonialista dos ingleses na postura da professora que trata os alunos como seres primitivos, com uma inteligência elementar.

Requintado estudo das afinidades intelectuais entre dois jovens, "Da amizade masculina", de Mario

Sabino, também é irônico. A escola é a faculdade de filosofia, que não consegue corresponder ao profundo desejo de conhecimento desses alunos, cujas personalidades se complementam. A faculdade é um espaço da mediania intelectual, que acaba destruindo a vocação dos dois, que são empurrados para rumos profissionais bem distintos.

Neste mesmo diapasão, o conto de Lima Barreto, "Um músico extraordinário", denuncia um desvio da formação de um menino que se aventurava nos livros de Júlio Verne durante a escola, experimentando a fuga para lugares imaginários, mas que não consegue fixarse em nenhuma identidade quando se faz adulto. Aqui, o sonho é visto como um perigo, pois cria uma identidade mutante no jovem promissor, que passa a viver num mundo falso, criticado por este autor realista.

Por fim, os dois contos que trazem o modo de ver do professor têm como ponto de contato uma das constantes do relacionamento professor e aluno – o desejo.

Fora da escola, numa aula particular de redação, a professora de "Aula de reforço", de Cristovão Tezza, conjuga o ensino e o espaço íntimo. Ela é uma mulher pobre que entra em contato com uma mãe rica e superprotetora, que quer dar ao filho uma experiência de vida e não apenas de texto. A aula acontece na casa do aluno e sugere-se que a professora vá além dos conteúdos da disciplina. Mesmo inicialmente refratária ao clima que se cria, ela acaba tentada pela oferta financeira.

Numa linguagem densa, cheia de idas e voltas, de delírios, Nélida Piñon, em "Aventura de saber", apresenta os dramas interiores de uma professora que se confronta com a juventude de um menino. Ela não é quem ensina, mas quem aprende algo doloroso sobre si mesma – que cada um deve assumir o seu tempo. O menino que ela deseja tão ardentemente não pode ser dela porque é habitante de outra temporalidade.

Eis algumas maneiras de configurar espaços e relações de aprendizagem. Seja território da opressão, do desejo, da frustração ou da crueldade, nesses espaços ocorrem episódios que revelam aquilo que somos.

Miguel Sanches Neto

Cristovão Tezza
Aula de reforço

Estava distraída e quase deixou queimar o pão, olhando estupidamente pela janela da cozinha, quando o telefone tocou — uma, duas, três vezes. Correu, pegou o fone e voltou a tempo de salvar o pão. Desligou o fogo.

— É da assessoria de textos?

Demorou a responder — um dia sem sintonia, logo de manhã. Cansada.

— Sim?

— A Laurinha indicou você.

— Ah, sei. — Tentava lembrar quem seria Laurinha.

— É o meu filho. Ele vai fazer vestibular. Não é que ele escreva mal, ele é muito inteligente. Mas precisa de um reforço. De um reforço em tudo — é muito dispersivo. A Laurinha falou *horrores* de você! Disse que você faz milagres.

Lembrou enfim: colega do curso — tinha esbarrado com ela dois meses atrás e passara o telefone: *Tenho uma assessoria de textos*, mentiu. Era só um número de telefone, um anúncio nos classificados e necessidade de dinheiro. Felizmente ela não perguntou do ex-marido.

— A Laurinha é uma ótima amiga.

— Você está disponível? Poderia começar hoje mesmo?

Alice preferia quando perguntavam antes o preço da aula. Falar de dinheiro é sempre desagradável — as pessoas baixam a voz, olham para os lados, disfarçam, cheias de dedos. Parece que somos todos traficantes nesta vida, pessoas sujas que escondem o dinheiro na bolsa e só o mostram olhando para os lados, suspeitosas. Mas algo lhe dizia, pelo tom de voz, que essa mulher pagaria bem, sem chiar. Essas pessoas que querem tudo para ontem, e bancam a exigência.

— Só um minutinho, senhora. Vou ver na minha agenda.

Colocou o telefone na pia, tirou o pão da frigideira, com capricho, e colocou sobre um pires. Parecia bom, tostadinho sem queimar. Retomou o fone:

— Pode ser à tarde? À tarde, deixa eu ver aqui, hum — abriu a geladeira para pegar a margarina —, estou livre. Às duas, está bem?

Estava.

— Mas talvez fosse bom nós duas conversarmos antes sobre o meu filho. Eu poderia lhe dar uma orientação. Ele é um menino... como dizer?

Não diga.

— Tudo bem, só que... o seu nome? Ah, dona Sara, a gente conversa, sim, é claro. Mas agora tenho de sair correndo. A senhora me passaria o endereço?

Desceu do ônibus próximo da rua transversal que cruzava a avenida Batel — região de gente rica, principalmente naquela seqüência de três prédios para onde ela estava indo, procurando o número, 227, é ali, o prédio do meio. Pensou que talvez devesse ter vindo com uma roupa menos informal, aquele uniforme jeans, tênis azul, blusa branca, laço no pescoço, a pasta com os textos na mão, mas subindo a rampa da portaria se distraiu, bobagem, estou muito bem, mentiu, lembrando da farmácia em que teria de passar na volta. Estava deprimida. Diante do porteiro, ficou muda, uma impaciência não localizada na cabeça. Parece que a minha vida é me identificar com porteiros — sou uma vendedora de pizzas, e a idéia de que disse isso em vez do "Alice" suspirante que de fato confessou acabou por distraí-la novamente. O porteiro falava baixo no interfone; talvez ela fosse recusada e voltasse para a rua sem jamais conhecer o garoto dispersivo (hiperativo? déficit de atenção?) que precisava de um reforço, mas o porteiro agitou-se, levantando-se como quem súbito descobre que está diante de alguém realmente importante, o médico na urgência, o encanador que vai resolver o dilúvio no banheiro, o técnico da televisão cinco minutos antes do penúltimo capítulo da novela.

— Por aqui, senhora!

Solícito — a espinha já se curvando, os passos rápidos até o elevador, no qual se atirou em três passadas para abrir a porta antes que, vindo da garagem, ele se fosse para o alto, *é no sétimo andar,* uma mesura respeitosa diante da *senhora*, Alice sorriu, *senhora*, e desejou ardente um espelho para avaliar os 28 anos incompletos, mas deu de cara com um cãozinho repolhudo que latiu três vezes, um latido fino, agudo, irritante, aliás como a dona, esta sim uma senhora, que gentil pediu desculpa:

— Desculpe, mocinha. Essa menina aqui é muito espevitada! Muito es-pe-vi-ta-di-nha! — esfregava o focinho no focinho do cão: — Sua bagunceirinha! Fica latindo para as visitas! Que feio!

Será essa a mulher? — assustou-se Alice, mas não; no quinto andar a senhora pediu licença e saiu do elevador; o cãozinho latiu de novo, quase pulando do colo da mulher para morder Alice. A porta se fechou e ela ouviu mais repreensões da mãe para a filhinha, que sumiram em *fade out* até que o sétimo céu, o sétimo andar, corrigiu-se ela, estou maluca, se abrisse e uma mulher grande lhe estendesse os braços que também pareciam enormes:

— Alice! — Parecia uma velha tia, vendo a sobrinha cinco anos depois; só faltava dizer *como você cresceu*, mas chegou perto: — Você é uma gracinha de menina! — e os braços se esticavam, as mãos nos ombros de Alice, avaliando a peça. — Eu não sabia que você era tão nova! — Puxava-a pela mão: — Venha por aqui, vamos conversar.

Atravessou o breve hall cheio de peças douradas, plantas e quadros, percebendo que no prédio havia um apartamento só por andar, e em seguida passou pela porta imensa que dava a uma sala igualmente imensa com uma profusão de tapetes, mesas, poltronas, cores, luminárias, cortinas, tudo muito limpo e sólido, nenhum livro nas paredes, mas o olhar não conseguia se deter, a mulher era rápida — num momento, viu um vulto que apareceu na moldura de uma porta, e sumiu em seguida, como quem se esconde. E agora estava sentada diante da mulher, numa mesa de uma outra sala, menor.

— Que bom que você veio — e sorriam os olhinhos miúdos da mulher, os cabelos vermelhos em torno de um rosto redondo como uma bolacha recheada, bochechas salientes logo acima de dois queixos discretos acima de um pescoço curto. Havia entretanto uma perquirição residual no olhar, alguém que ainda precisa se convencer de que de fato está fazendo um bom negócio.

Tímida, Alice restou desconfortável naquele breve momento, em busca do que dizer; a idéia de que provavelmente seria bem paga (na mesa nua, havia apenas um silencioso talão de cheques com uma caneta atravessada, a um palmo da mão direita, gordinha, de dona Sara) contrabalançava-se com a idéia de que aquilo seria muito chato.

— O Eduardo (a gente chama ele de Dudu), o Dudu é muito dispersivo. Rapaz inteligente. — Ela baixou a voz: — É filho do meu primeiro casamento. Você é solteira? Ele...

Seria o vulto da porta? Aliás, com todas as portas escancaradas, o Duduzinho estaria ouvindo a interminável metralhadora. A clássica mãe superprotetora com sentimento de culpa. Isso cansa. Num lapso, Alice lembrou o aborto que fez, sete meses depois de casada, e levantou-se, súbita, olhando para o relógio, ainda tentando ser gentil:

— Dona Sara, eu tenho outra aula às quatro. Talvez a gente deva começar.

— Isso mesmo! — concordou dona Sara imediatamente, levantando-se também, decidida, como se fosse dela a idéia de começar logo. — Faça uma avaliação e conversamos!

De volta à sala maior, ela se viu enfim diante de Dudu, ao centro de uma mesa humilhante de tão pesada e bonita, um de cada lado, como numa conferência da ONU. Um garoto bonito, delicado, inseguro e tímido, as mãos enormes sobre a mesa, pontas visíveis de uma alma ainda incompleta; custou a olhar para ela; quando olhou, ela imaginou ver lá no fundo dos olhos azuis um pedido de socorro, mas isso era só uma transferência do sentimento dela, quando enfim dona Sara desapareceu dali, ainda que deixando todas as portas abertas; não parecia uma casa; parecia um conjunto de salões e corredores. Uma aula particular é uma consulta médica, ela fantasiou — é preciso privacidade. Praticamente cochichavam:

— Eduardo, vamos fazer alguns exercícios, só para eu conferir como você está. Tudo bem?

Percebeu nela mesma o tom quase severo da professora, o breve peso da autoridade que compensa a insegurança diante de uma situação nova; talvez o menino se sentisse traído, imaginou. De qualquer modo, sentiu-se bem: estava no seu papel, e era sempre um prazer descobrir o que as pessoas sentem quando escrevem, o que elas escrevem, o mistério daquelas palavras sofridas em seqüência. Cada caso era mesmo sempre um caso, negando o chavão com um chavão. Vamos ao trabalho, disse ela, apresentando-lhe uma folha impressa que tirou da pasta: junte as duas sentenças em uma única frase, fazendo as modificações necessárias. Primeiro: *O homem fugiu. O casaco do homem era verde.* Segundo: *Estava chovendo. Ele saiu de guarda-chuva. (Use "embora")*

Dudu era canhoto. Enquanto ele escrevia um tanto penosamente — a letra quase ilegível, Alice avaliou, de ponta-cabeça, enquanto as linhas saíam da caneta esferográfica que ele tentava esmagar com os dedos —, ela chegou a ver mais uma vez a cabeça de dona Sara lá adiante, como uma aparição, desaparecendo em seguida. Talvez ela queira que a gente fale mais alto, para poder nos ouvir. Conferiu o resultado, que o garoto estendeu lentamente, talvez temendo a resposta: *O homem que o casaco era verde fugiu. Embora chovendo, ele saiu sem guarda-chuva.* Ela sorriu, estimulante. Ele não conhece o *cujo* e não sabe usar subjuntivo. Em duas frases, o retrato inteiro para um estudo de caso. A segunda frase não estava tecnicamente errada, ainda que ambígua. Ficou tranqüila: teria serviço para alguns meses. Estavam em abril, o vestibular era em dezembro. Estendeu para ele uma outra folha, com um texto informativo de três parágrafos sobre o desmatamento na Amazônia.

— Leia em voz alta esse texto. Eu vou fazer algumas perguntas, a gente conversa um pouco, e então você escreve um resumo usando 50 palavras. Tudo bem?

— Você não quer um cafezinho? — a voz da mulher reapareceu lá de longe, alta, como quem chama alguém no outro lado da rua.

— Não, obrigada, dona Sara. É melhor a gente se concentrar na aula.

Uma ligeira repreensão no tom de voz. O rapaz olhava para o texto, sem ler, visivelmente pensando em outra coisa — e então estendeu a mão e pediu licença para conferir de novo as frases que havia escrito.

— Eu poderia usar o "cujo" aqui? Tipo, *o rapaz cujo o casaco era verde fugiu*?

Ela sorriu, animada:

— Sim, é claro; seria o justo. Mas não "cujo o"; apenas "cujo casaco". As expressões *cujo, cuja, cujos, cujas* já incluem o artigo.

— Mas ninguém fala assim. Todo mundo diz *a pessoa que o casaco.*

Ela sentiu que ele queria marcar território.

— Certo! Mas escreve-se assim. É a chamada língua padrão, norma culta.

— Eu imaginei que a pessoa nessa frase estava falando e não escrevendo.

Ela conferiu nos olhos dele: havia um toque de humor. Apenas uma breve pegadinha, não uma provocação. Sorriu:

— Sim, você está certo. O registro da frase não estava adequado. Que ótimo que você percebeu! Vamos à leitura?

Ele lia razoavelmente bem, com uma voz quase feminina. Atrapalhou-se apenas com uma seqüência de orações subordinadas, que ele teve de refazer para que acabassem em pergunta; e não sabia o que significa *diáfano* e *rotundamente*. Ela explicou — e sugeriu que ele comprasse um dicionário.

— O dicionário é fundamental para quem escreve.

— Eu tenho a versão eletrônica no computador.

O resumo não ficou bom — ele queimou as 50 palavras apenas com o assunto do primeiro parágrafo —, mas o texto estava até razoável: só um erro de concordância (*acontece queimadas todos os meses*) e outro de ortografia (*encontrarão* por *encontraram*). Enfim: estava diante de um caso típico. Já tinha praticamente um curso completo destinado a ele, só venderia a mão-de-obra — e quando dona Sara se aproximou, uma hora depois, conclamando-a para tomar um café, começou a pensar no preço que cobraria. Súbito, o rapaz desapareceu, e ela se viu diante de outra mesa, em outra sala, tendo de decidir entre o chá e o café. Havia uns cinco tipos de bolachas — uma empregada uniformizada surgiu de lugar nenhum, depositou outra bandeja e se retirou em silêncio para o fundo de um corredor de onde vinha o som distante de uma televisão. Alice começou a se sentir desconfortável, a mão quente da mulher sobre o seu braço *E que tal o meu filho? Não é inteligente?* Sim, sim, ele é ótimo, ele é muito melhor que a senhora, ela quase disse, *E sabe o que eu ia propor a você, eu achei que ele gostou tanto de você que* — e Alice se serviu de café, apenas café, e escolheu um modelo de bolacha que parecia a apetitosa, e era — *que eu estava pensando se; mas se sirva, por favor.* Oitenta reais — não, é muito. Se o meu padrão é quarenta, posso pedir cinqüenta, talvez sessenta a hora, ela calculou, quem sabe duas, três aulas por semana, isso representaria um desafogo bom enquanto ela — enquanto ela o quê? O café estava bom, forte, e ela pôs um pouco mais de açúcar, esperando o momento para encaixar seu preço, mas dona Sara falava sem parar *sim, sim, eu digo mesmo sair com ele, respirar um pouco outro ar, acho que a minha presença* — ela baixou a voz para confessar — *é um tanto, assim quero dizer, eu intimido, sabe? Ele está nessa fase terrível.* Mas do que essa mulher está falando? — e pegou outra bolacha, sentindo a clássica pontada no pescoço que sempre reaparecia em seus momentos de tensão. Bem, a aula pode ser em outro lugar, é claro, ela acabou dizendo, sem oferecer a própria casa, embora fosse o ideal, não precisaria pegar ônibus — *Ir ao cinema, eu digo, temas de redações, tudo isso seria muito bom para ele, escrever sobre a vida,* os dedos quentes de dona Sara como que pediam socorro e desculpa ao mesmo tempo, apertando-lhe suavemente o braço, enquanto a cabeça se aproximava, *isso seria muito bom e vocês ficariam à vontade, compreende? Até na mesa de um barzinho, se fosse o caso* — e colocou a mão na boca, um escândalo envergonhado:

— *Eu acho até que ele é virgem!* — e deu uma risadinha nervosa. Na verdade ela não quer saber como o filho escreve, surpreendeu-se Alice, a bolacha na boca, como uma ficha que entala — *Ele passa o dia no computador e isso não é bom, é — bem, ele precisa ver gente, nem tem namorada, nada, e isso afeta o estudo, é claro. Mais café?* Enfim mastigou a bolacha, lentamente, pensando: oitenta reais e desaparecer por aquela porta para nunca mais voltar. Controlou o desejo de se erguer súbito e sair dali. Viu a mulher estender o pratinho — *experimente esse, de amora, é uma delícia de recheio* — e depois puxar para si o talão de cheques que não saiu da mesa em nenhum momento, como uma bóia de segurança:

— Pensei em cem reais a hora cheia, Alice. Está bom para você?

Uma letra rápida e criptográfica preenchia o cheque, quase que antes mesmo de ouvir aquele "sim, mas" tímido que ela balbuciou tentando articular uma estratégia qualquer que colocasse as coisas nitidamente nos seus lugares para todo o sempre, o que afinal essa bruxa está querendo de mim? —*Aqui está o telefone dele, você pode marcar com o Dudu mesmo.* E virou-se para o vulto da empregada que reapareceu no corredor, *Fulana, eles vão entregar o baú daqui a pouco,* e a mulher disse, a voz séria e rouca, *Sim, dona Sara*, e Alice viu-se quase abandonada na sala, dona Sara desculpou-se, *comprei um baú lindo*, tinha o que fazer, *obrigada, menina, você é ótima*, um fantasma que troca súbito de script. Levou outro susto ao ver diante do elevador a figura alta de Eduardo, abrindo gentil a porta para ela, e ela temeu que ele descesse junto para acertarem os detalhes, mas não — ele só queria dizer, sussurrando, *Desculpe, mi-*

nha mãe é louca. Ligue diretamente para mim — e antes de a porta fechar ela viu o vulto da mãe reaparecendo lá adiante, discreta, contemplando a despedida, como quem confere se tudo correu de acordo.

Dois andares abaixo, o cãozinho latiu de novo de algum lugar distante no espaço. Ela lembrou que teria de passar na farmácia, e abriu a bolsa para conferir se o cheque estava mesmo certo.

GRACILIANO RAMOS
OS ASTRÔNOMOS

Aos nove anos, eu era quase analfabeto. E achava-me inferior aos Mota Lima, nossos vizinhos, muito inferior, construído de maneira diversa. Esses garotos, felizes, para mim eram perfeitos: andavam limpos, riam alto, freqüentavam escola decente e possuíam máquinas que rodavam na calçada como trens. Eu vestia roupas ordinárias, usava tamancos, enlameava-me no quintal, engenhando bonecos de barro, falava pouco.

Na minha escola de ponta de rua, alguns desgraçadinhos cochilavam em bancos estreitos e sem encosto, que às vezes se raspavam e lavavam. Nesses dias nós nos sentávamos na madeira molhada. A professora tinha mãe e filha. A mãe, caduca, fazia renda, batendo os bilros, com a almofada entre as pernas. A filha, mulata sarará enjoada e enxerida, nos ensinava as lições, mas ensinava de tal forma que percebemos nela tanta ignorância como em nós. Perto da mesa havia uma esteira, onde as mulheres se agachavam, cortavam panos e cosiam.

D. Agnelina rezingava com a filha por questões de namoro e, em caso de necessidade, administrava-lhe corretivos. Uma vez discutiram a respeito da palavra *auréola,* que surgiu na minha seleta. A moça acertou, mas d. Agnelina, debruando um vestido, julgou auréola equivalente a debrum, estirou o beiço e, depois de hesitar, misturando baixinho auréola com ourela, recomendou-me que, para evitar dúvidas, dissesse *aureóla.*

O lugar de estudo era isso. Os alunos se imobilizavam nos bancos: cinco horas de suplício, uma crucificação. Certo dia vi moscas na cara de um, roendo o canto do olho, entrando no olho. E o olho sem se mexer, como se o menino estivesse morto. Não há prisão pior que uma escola primária do interior. A imobilidade e a insensibilidade me aterraram. Abandonei os cadernos e as auréolas, não deixei que as moscas me comessem. Assim, aos nove anos ainda não sabia ler.

Ora, uma noite, depois do café, meu pai me mandou buscar um livro que deixara na cabeceira da cama. Novidade: meu velho nunca se dirigia a mim. E eu, engolido o café, beijava-lhe a mão, porque isto era praxe, mergulhava na rede e adormecia. Espantado, entrei no quarto, peguei com repugnância o antipático objeto e voltei à sala de jantar. Aí recebi ordem para me sentar e abrir o volume. Obedeci engulhando, com a vaga esperança de que uma visita me interrompesse. Ninguém nos visitou naquela noite extraordinária.

Meu pai determinou que eu principiasse a leitura. Principiei. Mastigando as palavras, gaguejando, gemendo uma cantilena medonha, indiferente à pontuação, saltando linhas e repisando linhas, alcancei o fim da página, sem ouvir gritos. Parei surpreendido, virei a folha, continuei a arrastar-me na gemedeira, como um carro em estrada cheia de buracos.

Com certeza o negociante recebera alguma dívida perdida: no meio do capítulo pôs-se a conversar comigo, perguntou-me se eu estava compreendendo o que lia. Explicou-me que se tratava de uma história, um romance, exigiu atenção e resumiu a parte já lida. Um casal com filhos andava numa floresta, em noite de inverno, perseguido por lobos, cachorros selvagens. Depois de muito correr, essas criaturas chegavam à cabana de um lenhador. Era ou não era? Traduziu-me em linguagem de cozinha diversas expressões literárias. Animei-me a parolar. Sim, realmente havia alguma coisa no livro, mas era difícil conhecer tudo.

Alinhavei o resto do capítulo, diligenciando penetrar o sentido da prosa confusa, aventurando-me às vezes a inquirir. E uma luzinha quase imperceptível surgia longe, apagava-se, ressurgia, vacilante, nas trevas do meu espírito.

Recolhi-me preocupado: os fugitivos, os lobos e o lenhador agitaram-me o sono. Dormi com eles, acordei com eles. As horas voaram. Alheio à escola, aos brinquedos de minhas irmãs, à tagarelice dos moleques, vivi com essas criaturas de sonho, incompletas e misteriosas.

À noite meu pai me pediu novamente o volume, e a cena da véspera se reproduziu: leitura emperrada, mal-entendidos, explicações.

Na terceira noite fui buscar o livro espontaneamente, mas o velho estava sombrio e silencioso. E no dia seguinte, quando me preparei para moer a narrativa, afastou-me com um gesto, carrancudo.

Nunca experimentei decepção tão grande. Era como se tivesse descoberto uma coisa muito preciosa e de repente a maravilha se quebrasse. E o homem que a reduziu a cacos, depois de me haver ajudado a encontrá-la, não imaginou a minha desgraça. A princípio foi desespero, sensação de perda e ruína, em seguida uma longa covardia, a certeza de que as horas de encanto eram boas demais para mim e não podiam durar.

Findas, porém, as manifestações secretas de mágoa, refleti, achei que o mal tinha remédio e expliquei o negócio a Emília, minha excelente prima. O rosto sereno, largos olhos pretos, um ar de seriedade — linda moça. A irmã, brincalhona e rabugenta, ora pelos pés, ora pela cabeça, ria como doida e logo explodia em acessos de cólera. Mas Emília não era deste mundo. Só se zangou comigo uma vez, no dia em que, tuberculosa, me viu beber água no copo dela. Um anjo.

Confessei, pois, a Emília o meu desgosto e propus-lhe que me dirigisse a leitura. Esforcei-me por interessá-la contando-lhe a escuridão na mata, os lobos, os meninos apavorados, a conversa em casa do lenhador, o aparecimento de uma sujeita que se chamava Águeda.

Passado algum tempo, essa Águeda me serviu muito. Eusébio doido pegou o volume na loja, entrou a declamá-lo e, topando o nome da personagem, pronunciou *Aquéda.* Isto me deu satisfação: apesar de maduro, Eusébio doido era mais atrasado que eu.

Quando falei a Emília, porém, ignorava que houvesse pessoas tão rudes quanto Eusébio e admitia facilmente as *aureólas* da professora. Em conformidade com a opinião de minha mãe, considerava-me uma besta. Assim, era necessário que a priminha lesse comigo o romance e me auxiliasse na decifração dele.

Emília respondeu com uma pergunta que me espantou. Por que não me arriscava a tentar a leitura sozinho?

Longamente lhe expus a minha fraqueza mental, a impossibilidade de compreender as palavras difíceis, sobretudo na ordem terrível em que se juntavam. Se eu fosse como os outros, bem; mas era bruto em demasia, todos me achavam bruto em demasia.

Emília combateu a minha convicção, falou-me dos astrônomos, indivíduos que liam no céu, percebiam tudo quanto há no céu. Não no céu onde moram Deus Nosso Senhor e a Virgem Maria. Esse ninguém tinha visto. Mas o outro, o que fica por baixo, o do sol, da lua e das estrelas, os astrônomos conheciam perfeitamente. Ora, se eles enxergavam coisas tão distantes, por que não conseguiria eu adivinhar a página aberta diante dos meus olhos? Não distinguia as letras? Não sabia reuni-las e formar palavras?

Matutei na lembrança de Emília. Eu, os astrônomos, que doidice! Ler as coisas do céu, quem havia de supor? E tomei coragem, fui esconder-me no quintal, com os lobos, o homem, a mulher, os pequenos, a tempestade na floresta, a cabana do lenhador. Reli as folhas já percorridas. E as partes que se esclareciam derramavam escassa luz sobre os pontos obscuros. Personagens diminutas cresciam, vagarosamente me penetravam a inteligência espessa. Vagarosamente.

Os astrônomos eram formidáveis. Eu, pobre de mim, não desvendaria os segredos do céu. Preso à terra, sensibilizar-me-ia com histórias tristes, em que há homens perseguidos, mulheres e crianças abandonadas, escuridão e animais ferozes.

ISAQUE FONSECA
A LIÇÃO

— Minino, vai fazê o devê de casa — falou minha mãe.

— Já vou — respondi desinteressado, querendo escapulir para a rua.

— Não adianta fazê essa cara. Pega a cartilha e vai lê.

— Eu não sei ler a lição. A cartilha está na parte difícil.

— Pára de me olhá com essa cara lambida e vai chamá seu pai.

— Paiêê! — gritei a plenos pulmões.

— Não grita no meu ouvido, vai lá na horta e pergunta se ele pode te ajudá.

A pele morena e castigada pelo sol dava àquele homem de quase um metro e oitenta, magro porém forte, um semblante rude do qual por vezes um humor caboclo tomava conta. Tinha um farto bigode preto que chegava a encobrir os dois orifícios de um grande nariz adunco. Seus lábios, ligeiramente afilados mas carnudos, mostravam uma autêntica mistura das raças branca e negra. Sobrancelhas não muito espessas ajudavam a deixar vivo o seu olhar astuto e malicioso, sobretudo quando olhava de rabo de olho. Geraldo Bernardes Fonseca, meu pai, estava na sua lida com uma grande plantação de leguminosas, hortaliças sadias e ervas daninhas que teimavam em nascer nos canteiros.

— Pai! — chamei como num sussurro.

— O que é, moleque? — perguntou sem me dirigir o olhar, parecendo não dar importância ao meu chamado.

— O senhor pode me ensinar a leitura da cartilha? — perguntei, igualmente sem lhe dirigir o olhar, em represália à sua pouca atenção.

— Já não te ensinei que o Q com U mais A faz QUA, e o Q com U mais E faz QUE, depois vêm o QUI e o QUO? — perguntou meu pai com cara de espanto.

— E o Q com U mais U faz o quê? — perguntei curioso.

— Deixa pra lá — respondeu sem dar uma explicação.

— Por essa eu já passei, estou na lição com dois esses.

Limpando as mãos na calça, meu pai disse:

— Me passa a cartilha e senta aqui — e me apontou uma saliência no canteiro. — SSA, SSE, SSI, SSO, SSU. Repita comigo até ler sozinho — disse o Sr. Geraldo, cheio de sabedoria.

Depois de repetir várias vezes os "SS" seguidos das vogais, já me dei por sabido.

— Agora vai pra casa e estuda, na parte da tarde te ensino o resto — ordenou meu pai.

Depois da sonolência e da madorna matinal, chega sô Geraldo falando comigo como se fosse um castigo:

— Vamos, moleque, pega a cartilha porque vou te ensinar o resto. Lê o início sozinho, vamos ver se você aprendeu.

— SSA, SSE, SSI, SSO, SSU — repeti o que estava escrito em voz alta e clara, o que fez meu pai ficar orgulhoso do seu ensinamento.

— Agora repita comigo: MISSA, PASSA, OSSO. LIA COMEU PATO ASSADO. CASSIANO FOI À MISSA.

Fiquei repetindo a lição por um bom bocado de tempo, até que já "lia" sozinho, fazendo o pai se encher de orgulho com o filho.

*

A sineta foi tocada pela mão da diretora do grupo escolar, e os alunos, em forma, romperam sala adentro. Sentei-me à carteira que ficava bem em frente à mesa da professora, pois gostava de olhar seus roliços joelhos. De vez em quando uma cruzada de pernas me fazia engolir em seco.

— Vamos ficar de pé e cantar comigo — falou a dona dos joelhos roliços. — "Alecrim, alecrim dourado, que nasceu no campo sem ser semeado..."

A garotada mais gritava do que cantava. A cantoria durou um bom tempo.

— Vamos começar pela cartilha — falou a professora, chegando perto de minha carteira. — Vamos, querido, abra sua cartilha e leia a lição.

Levantei-me, abri o pequeno livro por sobre a carteira e "li" com desenvoltura:

— SSA, SSE, SSI, SSO, SSU. MISSA, PASSA, OSSO. LIA COMEU PATO ASSADO. CASSIANO FOI À MISSA.

— Muito bem! — exclamou a professora, pegando o pequeno livro. Deu um visto e me passou para a lição seguinte.

Outro dia de aula, a mesma cantoria e novamente a mestra veio em minha direção. Meu coração descompassou, as minhas mãos tremiam e um nó se formou em minha garganta.

— Professora... posso ir no banheiro? — fiz uma pergunta junto com um pedido, para me livrar do inferno da leitura.

— Agora, não. Leia a lição primeiro — respondeu a bruxa.

A sala parecia que estava desabando, um formigamento tomou conta dos meus pés, e, nas mãos, uma tremedeira que se fazia notar. Abri a cartilha sobre a carteira e comecei a "leitura":

— TA, TE, TE, TE... TATU, TATU...

— Menino, você não está lendo nada. O que é isso de "tatu"? — perguntou a mestra.

— Aqui tem "tatu" sim, professora — respondi, já envergonhado pelos risinhos de deboche dos colegas de turma.

— Você não estudou, por isso não aprendeu a lição — falou a mestra. — Vai voltar para a lição anterior e ficar de castigo, não vai ter recreio e nem banheiro.

Envergonhado e cabisbaixo, me sentei, com as orelhas quentes que pareciam em brasa.

No dia seguinte, novamente a cantoria e a professora vindo em minha direção:

— Isaque! Levante e leia sua lição.

— Certo, professora — respondi, me pondo de pé e começando a "leitura": — SSA, SSE, SSI, SSO, SSU. MISSA, PASSA, OSSO. LIA COMEU PATO ASSADO. CASSIANO FOI À MISSA.

Lima Barreto
Um músico extraordinário

Quando andávamos juntos no colégio, Ezequiel era um franzino menino de quatorze ou quinze anos, triste, retraído, a quem os folguedos colegiais não atraíam. Não era visto nunca jogando "barra, carniça, quadrado, peteca", ou qualquer outro jogo dentre aqueles velhos brinquedos de internato que hoje não se usam mais. O seu grande prazer era a leitura e, dos livros, os que mais gostava eram os de Jules Verne. Quando todos nós líamos José de Alencar, Macedo, Aluísio e, sobretudo, o infame Alfredo Gallis, ele lia a *Ilha misteriosa*, o *Heitor Servadac*, as *Cinco semanas em um balão* e, com mais afinco, as *Vinte mil léguas submarinas*.

Dir-se-ia que a sua alma ansiava por estar só com ela mesma, mergulhada, como o Capitão Nemo do romance vernesco, no seio do mais misterioso dos elementos da nossa misteriosa Terra.

Nenhum colega o entendia, mas todos o estimavam, porque era bom, tímido e generoso. E porque ninguém o entendesse nem às suas leituras, ele vivia consigo mesmo; e, quando não estudava as lições de que dava boas contas, lia seu autor predileto.

Quem poderia pôr na cabeça daquelas crianças fúteis pela idade e cheias de anseios de carne para a puberdade exigente o sonho que o célebre autor francês instila nos cérebros dos meninos que se apaixonam por ele, e o bálsamo que os seus livros dão aos delicados que prematuramente adivinham a injustiça e a brutalidade da vida?

O que faz o encanto da meninice não é que essa idade seja melhor ou pior que as outras. O que a faz encantadora e boa é que, durante esse período da existência, nossa capacidade de sonho é maior e mais força temos em identificar os nossos sonhos com a nossa vida. Penso, hoje, que o meu colega Ezequiel tinha sempre no bolso um canivete, no pressuposto de, se viesse a cair em uma ilha deserta, possuir à mão aquele instrumento indispensável para o imediato arranjo de sua vida; e aquele meu outro colega Sanches andava sempre com uma nota de dez tostões, para, no caso de arranjar a "sua" namorada, ter logo em seu alcance o dinheiro com que lhe comprasse um ramilhete.

Era, porém, falar ao Ezequiel em *Heitor Servadac*, e logo ele se punha entusiasmado e contava toda a novela do mestre de Nantes. Quando acabava, tentava então outra; mas os colegas fugiam um a um, deixavam-no só com o seu Jules Verne, para irem fumar um cigarro às escondidas.

Então, ele procurava o mais afastado dos bancos do recreio, e deixava-se ficar lá, só, imaginando, talvez, futuras viagens que havia de fazer, para repassar as aventuras de Roberto Grant, de Hatteras, de Passepartout, de Keraban, de Miguel Strogoff, de Cesar Cascavel, de Philéas Fogg e mesmo daquele curioso doutor Lindenbrock, que entra pela cratera extinta de Sueffels, na desolada Islândia, e vem à superfície da Terra, num ascensor de lavas, que o Estrômboli vomita nas terras risonhas que o Mediterrâneo afaga...

Saímos do internato quase ao mesmo tempo e, durante algum, ainda nos vimos; mas, bem depressa, perdemo-nos de vista.

Passaram-se anos e eu já o havia de todo esquecido, quando, no ano passado, vim a encontrá-lo em circunstâncias bem singulares.

Foi em um domingo. Tomei um bonde da Jardim,

aí, na avenida, para visitar um amigo e, com ele, jantar em família. Ia ler-me um poema; ele era engenheiro hidráulico.

Como todo sujeito que é rico ou se supõe ou quer passar como tal, o meu amigo morava para as bandas de Botafogo.

Ia satisfeito, pois de há muito não me perdia por aquelas bandas da cidade e me aborrecia com a monotonia dos meus dias, vendo as mesmas paisagens e olhando sempre as mesmas fisionomias. Fugiria, assim, por algumas horas, à fadiga visual de contemplar as montanhas desnudadas que marginam a Central, da estação inicial até Cascadura. Morava eu nos subúrbios. Fui visitar, portanto, o meu amigo, naquele Botafogo catita, Meca das ambições dos nortistas, dos sulistas e dos... cariocas.

Sentei-me nos primeiros bancos; e já havia passado o Lírico e entrávamos na Rua Treze de Maio quando, no banco atrás do meu, se levantou uma altercação com o condutor, uma dessas vulgares altercações comuns nos nossos bondes.

— Ora, veja lá com quem fala! dizia um.

— Faça o favor de pagar a sua passagem, retorquia o recebedor.

— Tome cuidado, acudiu o outro. Olhe que não trata com nenhum cafajeste! Veja lá!

— Pague a passagem, senão o carro não segue.

E como eu me virasse por esse tempo a ver melhor tão patusco caso, dei com a fisionomia do disputador que me pareceu vagamente minha conhecida. Não tive de fazer esforços de memória. Como uma ducha, ele me interpelou desta forma:

— Vejas tu só, Mascarenhas, como são as cousas! Eu, um artista, uma celebridade, cujos serviços a este país são inestimáveis, vejo-me agora maltratado por esse brutamonte que exige de mim, desaforadamente, a paga de uma quantia ínfima, como se eu fosse da laia dos que pagam.

Àquela voz, de súbito, pois ainda não sabia bem quem me falava, reconheci o homem: era o Ezequiel Beiriz. Paguei-lhe a passagem, pois, não sendo celebridade, nem artista, podia perfeitamente e sem desdouro pagar quantias ínfimas; o veículo seguiu pacatamente o seu caminho, levando o meu espanto e a minha admiração pela transformação que se havia dado no temperamento do meu antigo colega de colégio. Pois era aquele parlapatão, o tímido Ezequiel?

Pois aquele presunçoso que não era da laia dos que pagam era o cismático Ezequiel do colégio, sempre a sonhar viagens maravilhosas, à Jules Verne? Que teria havido nele? Ele me pareceu inteiramente são, no momento e para sempre.

Travamos conversa e mesmo a procurei, para decifrar tão interessante enigma.

— Que diabo, Beiriz! Onde tens andado? Creio que há bem quinze anos que não nos vemos, não é? Onde andaste?

— Ora! Por esse mundo de Cristo. A última vez que nos encontramos... Quando foi mesmo?

— Quando eu ia embarcar para o interior do Estado do Rio, visitar a família.

— É verdade! Tens boa memória... Despedimonos no Largo do Paço... Ias para Muruí, não é isso?

— Exatamente.

— Eu, logo em seguida, parti para o Recife a estudar Direito.

— Estiveste lá esse tempo todo?

— Não. Voltei para aqui, logo de dois anos passados lá.

— Por quê?

— Aborrecia-me aquela "chorumela" de Direito... Aquela vida solta de estudantes de província não me agradava... São vaidosos... A sociedade lhes dá muita importância, daí...

— Mas, que tinhas com isso? Fazias vida à parte...

— Qual! Não era bem isso o que eu sentia... Estava era aborrecidíssimo com a natureza daqueles estudos... Queria outros...

— E tentaste?

— Tentar! Eu não tento; eu os faço... Voltei para o Rio a fim de estudar pintura.

— Como não tentas, naturalmente...

— Não acabei. Enfadou-me logo tudo aquilo da Escola de Belas-Artes.

— Por quê?

— Ora! Deram-me uns bonecos de gesso para copiar... Já viste que tolice? Copiar bonecos e pedaços de bonecos... Eu queria a cousa viva, a vida palpitante...

— É preciso ir às fontes, começar pelo começo — disse eu sentenciosamente.

— Qual! Isso é para toda gente... Eu vou de um salto; se erro, sou como o tigre diante do caçador, estou morto!

— De forma que...

— Foi o que me aconteceu com a pintura. Por causa dos tais bonecos, errei o salto e a abandonei. Fiz-me repórter, jornalista, dramaturgo, o diabo! Mas em nenhuma dessas profissões dei-me bem... Todas elas me desgostavam... Nunca estava contente com o que fazia... Pensei, de mim para mim, que nenhuma delas era a da minha vocação e a do meu amor; e, como sou honesto intelectualmente, não tive nenhuma dor de coração em largá-las e ficar à toa, vivendo ao deus-dará.

— Isso durante muito tempo?

— Algum. Conto-te o resto. Já me dispunha a experimentar o funcionalismo, quando, certo dia, descendo as escadas de uma secretaria, aonde fui levar um pistolão, encontrei um parente afastado que as subia. Deu-me ele a notícia da morte do meu tio rico que me pagava colégio e, durante alguns anos, me dera pensão; mas, ultimamente, a tinha suspendido, devido, dizia ele, a eu não esquentar lugar, isto é, andar de escola em escola, de profissão em profissão.

— Era solteiro esse seu tio?

— Era, e, como já não tivesse mais pai (ele era irmão de meu pai), ficava sendo o seu único herdeiro, pois morreu sem testamento. Devido a isso e mais ulteriores ajustes com a Justiça, fiquei possuidor de cerca de duas centenas e meia de contos.

— Um nababo! Hein?

— De algum modo. Mas escuta, filho! Possuidor dessa fortuna, larguei-me para a Europa a viajar. Antes, é preciso que saibas, fundei aqui uma revista literária e artística — Vilhara — em que apresentei as minhas idéias budistas sobre a arte, apesar do que nela publiquei as cousas mais escatológicas possíveis, poemetos ao suicídio, poemas em prosa à Venus Genitrix, junto com sonetos, cantos, glosas de cousas de livros de missa de meninas do colégio de Sion.

— Tudo isto de tua pena?

— Não. A minha teoria era uma e a da revista outra, mas publicava as cousas mais antagônicas a ela, porque eram dos amigos.

— Durou muito a tua revista?

— Seis números e custaram-me muito, pois até tricromias publiquei e hás de adivinhar que foram de quadros contrários ao meu ideal búdico. Imagina tu que até estampei uma reprodução dos "Horácios", do idiota do David!

— Foi para encher, certamente?

— Qual! A minha orientação nunca dominou a publicação... Bem! Vamos adiante. Embarquei quase como fugido deste país em que a estética transcendente da renúncia, do aniquilamento do desejo era tão singularmente traduzida em versos fesceninos e escatológicos e em quadros apologéticos da força da guerra. Fui-me embora!

— Para onde?

— Pretendia ficar em Lisboa, mas, em caminho, sobreveio uma tempestade; e deu-me vontade, durante ela, de ir ao piano. Esperava que saísse o "bitu"; mas, qual não foi o meu espanto, quando de sob os meus dedos surgiu e ecoou todo o tremendo fenômeno meteorológico, toda a sua música terrível... Ah! Como me senti satisfeito! Tinha encontrado a minha vocação... Eu era músico! Poderia transportar, registrar no papel e reproduzi-los artisticamente, com os instrumentos adequados, todos os sons, até ali intraduzíveis pela arte, da Natureza. O bramido das grandes cachoeiras, o marulho soluçante das vagas, o ganido dos grandes ventos, o roncar divino do trovão, o estalido do raio — todos esses ruídos, todos esses sons não seriam perdidos para a Arte; e, através do meu cérebro, seriam postos em música, idealizados transcendentalmente, a fim de mais fortemente, mais intimamente prender o homem à Natureza, sempre boa e sempre fecunda, vária e ondeante; mas...

— Tu sabias música?

— Não. Mas continuei a viagem até Hamburgo, em cujo conservatório me matriculei. Não me dei bem nele, passei para o de Dresde, onde também não me dei bem. Procurei o de Munique, que não me agradou. Freqüentei o de Paris, o de Milão...

— De modo que deves estar muito profundo em música?

Calou-se meu amigo um pouco e logo respondeu:

— Não. Nada sei, porque não encontrei um conservatório que prestasse. Logo que o encontre, fica certo que serei um músico extraordinário. Adeus, vou saltar. Adeus! Estimei ver-te.

Saltou e tomou por uma rua transversal que não me pareceu ser a da sua residência.

Luiz Vilela
Triste

Aconteceu num segundo: ela debruçou-se sobre a carteira, ele olhou para trás — e então passou a mão nos seios dela, que recuou bruscamente, gritando "descarado! descarado!"

Não sabia direito o que acontecera depois; sentira o rosto pegando fogo, como no dia em que bebera escondido a pinga do avô, tudo foi ficando cinzento e sumindo: a voz de Dona Yara sumiu, a carteira sumiu, a classe sumiu.

Agora ela estava lá, na frente, escrevendo no quadro-negro.

— É para copiar o ponto? — alguém perguntou.

— É — ela disse.

Ele leu no quadro: "O cão", escrito com letras grandes, em cima; e, embaixo, três linhas já. Começou a copiar. "O cão é um animal irracional, vertebrado, mamífero" — o lápis ia escrevendo, mas ele não pensava no ponto: pensava em Roberto lhe acenando, pensava naquela sensação macia em sua mão rápida, pensava em Dona Yara de olhos arregalados, "descarado! descarado!", o mundo escurecendo e sumindo.

Olhou para o relógio na parede: quase quatro e meia; tinha de correr para acabar o ponto. Olhou também para Dona Yara, agora ao lado do vitrô, olhando para o pátio. Em que ela pensava? No que acontecera? Ela não tinha mais a cara de espanto e raiva que o aterrara. Fazia já uns cinco minutos que ela estava ali, parada daquele jeito, o giz na mão. Parecia ter se esquecido da sala, dos alunos...

— Dona Yara, é só isso? — um aluno perguntou.

Ela não respondeu, nem se mexeu — como se não tivesse escutado.

— Dona Yara...

O aluno ia repetir, quando ela se voltou e disse:

— O quê?...

— O ponto é só isso?

— É. É, sim. Só isso.

Falava de um modo estranho, como se somente sua boca estivesse falando, enquanto ela mesma permanecia longe, distante da sala.

— É um ponto pequeno, não é? — ela disse, e todos perceberam que ela não dissera aquilo para ninguém ali, que ela só dissera, que ela estava longe dali, o olhar perdido, a boca falando sozinha. — Alguns pontos são pequenos... Uns são grandes, mas outros são pequenos...

O sino bateu. Ele ajeitou os cadernos para sair.

— Podem sair.

Os alunos se levantaram — e então os olhos dos dois se encontraram: os dela com uma expressão que ele nunca vira antes, uma expressão que não era de maldade ou de vingança, mas que fez seu coração se apertar de medo e seus olhos se desviarem, numa confusa sensação de vergonha.

— Você fica.

O barulho dos meninos, ecoando no corredor, chegava até a sala: ele na carteira, olhando para os cadernos, e ela na mesa, olhando para o livro.

Escurecia depressa; escuridão de chuva. Pela porta aberta, ele viu as nuvens escuras cobrindo o céu. Fazia calor. Prestou atenção, para ver se ainda escutava voz ou barulho de gente lá fora — mas tudo estava silencioso.

Ia chover muito. Se fosse embora agora, era capaz de chegar a casa antes da chuva; mas se ficasse ali mais tempo, teria de esperar ela passar. Para que Dona Yara o mandara ficar? Não lhe dera linhas para copiar, não fizera nada, nenhum castigo, estava quieta lá, na mesa — o que ela queria? Você fica — a voz enérgica, mas não zangada. Era para ele ficar, ia haver qualquer coisa, ela lhe diria alguma coisa ou faria alguma coisa: mas já fazia meia hora que estavam ali, e não tinha havido nada.

Olhou para o rosto dela, buscando uma explicação: ela passava devagar as páginas do livro, mas ele percebeu que ela não lia, só passava, como ele fazia quando tinha de estudar e não estava com vontade e ficava pensando em outras coisas — em que ela estava pensando? Por fim, desistiu: aceitou o silêncio e a imobilidade dela, e ele ter de ficar ali esperando sem saber o quê. Cruzou os braços sobre a carteira.

Talvez o castigo fosse aquilo: ele ficar ali, esperando. Uma vez Dona Fernanda fez os alunos ficarem de pé a aula inteira, enquanto ela, sentada, lia um livro; depois o sino bateu, e ela foi embora sem dizer palavra. No dia seguinte, ficaram sabendo pela diretora que aquilo tinha sido o castigo por eles terem matado a aula da véspera. Talvez Dona Yara estivesse fazendo a mesma coisa; e então era só ele esperar, não tinha de copiar linhas nem nada. Procuraria uma coisa em que pensar, para o tempo passar depressa.

Lembrou-se do recreio: "Você é medroso, Eduardo." "Medroso é a avó." "Então quero ver você passar a mão nos peitos de Dona Yara." "À hora que você quiser." "Passa nada." "À hora que você quiser." "Na aula." Mas não pensara que fosse acontecer aquilo, os olhos arregalados, "descarado! descarado!"

Estava arrependido. Mas se não tivesse feito o que fez, todo mundo ia pensar que ele era medroso — ele não era medroso. Roberto dissera aquilo só para provocá-lo. Era uma coisa que ele nunca teria feito, se não tivesse sido provocado. Devia contar tudo isso para Dona Yara. Ela precisava saber. E agora, o que ela pensaria dele? Um dia ela lhe dissera que ele era o aluno de que ela mais gostava. E agora? E seus pais, quando eles ficassem sabendo? Não queria nem pensar...

Sentia as gotinhas de suor escorrendo pelas costas. Se pudesse tirar o blusão... Mas não teve coragem de pedir a ela.

Trovões, a ventania lutando com as árvores, papéis e folhas secas rodopiando em nuvens de poeira. Arriscou nova olhada à mesa: Dona Yara estava olhando para o pátio, com aquela mesma expressão perdida. Lembrou-se do que o pai dissera: "Dona Yara parece ser uma moça triste." Depois disso, sempre a achara triste. Era alguma coisa nos olhos, aquele modo de olhar, como se ela estivesse olhando para longe, uma coisa que estivesse muito longe, perdida. Sentia-a isolada num outro mundo, diferente e distante, e então a achava triste. Era, no entanto, essa tristeza que o ligava misteriosamente a ela. Às vezes, sem que ninguém mais na sala o percebesse, ela olhava de modo mais demorado para ele, e, nesses instantes, era como se ela descerrasse um pouco as cortinas daquele mundo distante e solitário que ele percebia por trás de sua tristeza.

A mãe dissera: "Há qualquer coisa de errado na vida dessa moça..." "Só pelo fato de ela ser triste?", perguntara o pai. "Não é por isso. Acho muito esquisito uma moça morar sozinha num quarto de hotel." "Antigamente podia ser; hoje as coisas mudaram muito, não é mais como no nosso tempo." "Mudaram, mas nem tanto. Uma moça morando sozinha num quarto de hotel é sempre esquisito. Não é certo." "Você vive imaginando coisas, Alice."

O que o pai queria dizer com isso, "você vive imaginando coisas"? O pai sempre dizia que a mãe vivia imaginando coisas. Mas era esquisito mesmo uma moça morando sozinha assim, num quarto de hotel. Esquisito e triste. Dona Yara tinha vindo de outra cidade. Ele nunca soubera se ela tinha pais, irmãos; ela nunca falara nisso.

Dona Yara quase não conversava fora do assunto da aula. Mas não era chata nem ruim, como Dona Fernanda, que também conversava pouco: "Meninos, menos conversa e mais estudo." Dona Fernanda era a mulher mais chata do mundo, disso não tinha a menor dúvida. E o pior era que ela nunca ficava doente. Já tinha rezado muitas vezes para ela ficar doente, mas ela nunca ficava. Dona Yara não: era calada mas boazinha, todos gostavam dela. Ela nem parecia ser professora; parecia ser uma irmã mais velha dos alunos.

E ele fizera aquilo... Como era aborrecido: ter feito uma coisa que a gente depois queria não ter feito... Podia pelo menos ter sido com Dona Fernanda. O castigo decerto ia ser muito pior, mas ele não estaria com aquele arrependimento doendo. Era até capaz de ele rir, de aquilo ser engraçado. Com Dona Yara não fora nada engraçado; ele ficara apavorado. Não pensara que fosse acontecer aquilo. Sentia-se até mal lembrando. Mas Roberto não ia escolher Dona Fernanda, porque ela era feia e, além disso, quase não tinha seio. Tinha dia que ela parecia não ter nenhum e tinha dia que ela parecia ter um pouco. Roberto disse que era seio postiço, seio de borracha, que as mulheres compravam nas lojas.

Dona Yara, não: quando ela vinha com aquele vestido vermelho decotado e curvava-se sobre a carteira para corrigir os exercícios, ele podia ver quase tudo. Dava vontade de enfiar a mão lá dentro. Mas tinha medo até de olhar, e ela ver que ele estava olhando. Seu coração batia tanto, que ele tinha a impressão de que o blusão mexia e que, se ela olhasse para ele, veria isso — mas ela ficava curvada sobre a carteira e só olhava para ele no fim, para dizer alguma coisa sobre os exercícios. Será que ela não percebia que ele ficava olhando? Ou percebia e não se importava? Ou fazia de propósito para ele ver? Quando ele pensava que era de propósito, sentia um arrepio no corpo.

Mas não, não, não era isso o que ele quisera fazer, não tinha nada a ver com isso; fizera porque fora provocado, para não ser chamado de medroso. Dona Yara precisava saber disso, precisava contar tudo a ela, como acontecera: não foi por querer, Dona Yara, foi o Roberto, eu não queria fazer isso — mas nunca teria coragem de dizer, pois só de pensar, suas mãos já estavam frias. Se ela ao menos dissesse alguma coisa, começasse a conversar com ele... Aí era capaz de ele ter coragem. Mas ela continuava quieta lá, na frente, olhando para fora...

A chuva caiu pesada. Pingava na porta, e Dona Yara levantou-se para fechá-la. A sala ficou quase escura. Ela foi acender a luz: a luz não se acendeu, devia ser a chuva. Ela voltou para a mesa.

Agora nem ele nem ela podiam olhar para o pátio. Ele cruzou os braços sobre a carteira e neles afundou o rosto. Ficou ouvindo o barulho da chuva.

De repente ergueu a cabeça: fora a chuva? Olhou para Dona Yara:

— A senhora me chamou?

— Chamei. Venha cá.

Ele se levantou e foi.

— Chegue-se mais perto.

Ele chegou.

— Por que você não olha para mim? Está com vergonha? Não precisa ficar com vergonha.

— Dona Yara, eu...

Não sabia como dizer.

— O que aconteceu...

— Eu compreendo, não precisa dizer.

— Eu não queria...

— Eu sei, eu não fiquei com raiva.

Não fiquei com raiva? Mas não era isso o que esperava ela dizer — não fiquei com raiva?

— Não ia ficar com raiva de você, um menino tão bonzinho...

Não, não era isso, ela não entendera, ela não devia estar falando assim, sorrindo, não era isso: não é isso, Dona Yara.

— Eu não queria.

— Eu sei, bem; não tem importância, eu não me importei. Foi uma coisa à toa. Se ainda tivesse sido um outro... Mas você, um menino tão bonzinho...

Ela segurou-lhe o queixo:

— Não é mesmo? Um menino tão bonitinho...

Ele baixou os olhos, ruborizando.

— Sabe que você é muito bonitinho?...

Olhou para ela: não a conhecia, aquela não era Dona Yara, não havia mais Dona Yara.

— Você é um amorzinho...

Ela acariciou-lhe os cabelos:

— Um amorzinho...

— Dona Yara, eu quero ir embora.

— Embora?

Ela deixou-o.

— Quer dizer que você não quer ficar aqui comigo?

Ele não respondeu. Olhava para o chão.

— Hem? Você não quer ficar aqui comigo?

Respondeu que não, com a cabeça. Sentiu lágrimas nos olhos.

— Bobinho. Você não entendeu nada, hem? Pensei que você já fosse mais sabido.

Ele mordeu o lábio, tentando reter as lágrimas, que, agora, escorriam quentes pelo rosto.

— Pensei que você já entendesse mais as coisas. Vai, pode ir. Eu não estou te segurando. A chuva já parou.

Ele caminhou até a carteira e pegou os livros.

Não olhou para ela: foi saindo, não queria olhar para ela, nunca mais queria olhar para ela.

Machado de Assis
Conto de escola

A escola era na Rua do Costa, um sobradinho de grade de pau. O ano era de 1840. Naquele dia — uma segunda-feira, do mês de maio — deixei-me estar alguns instantes na Rua da Princesa a ver onde iria brincar a manhã. Hesitava entre o morro de S. Diogo e o Campo de Sant'Ana, que não era então esse parque atual, construção de *gentleman*, mas um espaço rústico, mais ou menos infinito, alastrado de lavadeiras, capim e burros soltos. Morro ou campo? Tal era o problema. De repente disse comigo que o melhor era a escola. E guiei para a escola. Aqui vai a razão.

Na semana anterior tinha feito dois suetos, e, descoberto o caso, recebi o pagamento das mãos de meu pai, que me deu uma sova de vara de marmeleiro. As sovas de meu pai doíam por muito tempo. Era um velho empregado do Arsenal de Guerra, ríspido e intolerante. Sonhava para mim uma grande posição comercial, e tinha ânsia de me ver com os elementos mercantis, ler, escrever e contar, para me meter de caixeiro. Citava-me nomes de capitalistas que tinham começado ao balcão. Ora, foi a lembrança do último castigo que me levou naquela manhã para o colégio. Não era um menino de virtudes.

Subi a escada com cautela, para não ser ouvido do mestre, e cheguei a tempo; ele entrou na sala três ou quatro minutos depois. Entrou com o andar manso do costume, em chinelas de cordovão, com a jaqueta de brim lavada e desbotada, calça branca e tesa e grande colarinho caído. Chamava-se Policarpo e tinha perto de cinqüenta anos ou mais. Uma vez sentado, extraiu da jaqueta a boceta de rapé e o lenço vermelho, pô-los na gaveta; depois relanceou os olhos pela sala. Os meninos, que se conservaram de pé durante a entrada dele, tornaram a sentar-se. Tudo estava em ordem; começaram os trabalhos.

— *Seu* Pilar, eu preciso falar com você, disse-me baixinho o filho do mestre.

Chamava-se Raimundo este pequeno, e era mole, aplicado, inteligência tarda. Raimundo gastava duas horas em reter aquilo que a outros levava apenas trinta ou cinqüenta minutos; vencia com o tempo o que não podia fazer logo com o cérebro. Reunia a isso um grande medo ao pai. Era uma criança fina, pálida, cara doente; raramente estava alegre. Entrava na escola depois do pai e retirava-se antes. O mestre era mais severo com ele do que conosco.

— O que é que você quer?

— Logo, respondeu ele com voz trêmula.

Começou a lição de escrita. Custa-me dizer que eu era dos mais adiantados da escola; mas era. Não digo também que era dos mais inteligentes, por um escrúpulo fácil de entender e de excelente efeito no estilo, mas não tenho outra convicção. Note-se que não era pálido nem mofino: tinha boas cores e músculos de ferro. Na lição de escrita, por exemplo, acabava sempre antes de todos, mas deixava-me estar a recortar narizes no papel ou na tábua, ocupação sem nobreza nem espiritualidade, mas em todo caso ingênua. Naquele dia foi a mesma coisa; tão depressa acabei, como entrei a reproduzir o nariz do mestre, dando-lhe cinco ou seis atitudes diferentes, das quais recordo a interrogativa, a admirativa, a dubitativa e a cogitativa. Não lhes punha esses nomes, pobre estudante de primeiras letras que era; mas, instintivamente, dava-lhes essas expressões. Os outros foram acabando; não tive remédio senão acabar também, entregar a escrita, e voltar para o meu lugar.

Com franqueza, estava arrependido de ter vindo. Agora que ficava preso, ardia por andar lá fora, e recapitulava o campo e o morro, pensava nos outros meninos vadios, o Chico Telha, o Américo, o Carlos das Escadinhas, a fina flor do bairro e do gênero humano. Para cúmulo de desespero, vi através das vidraças da escola, no claro azul do céu, por cima do morro do Livramento, um papagaio de papel, alto e largo, preso de uma corda imensa, que bojava no ar, uma coisa soberba. E eu na escola, sentado, pernas unidas, com o livro de leitura e a gramática nos joelhos.

— Fui um bobo em vir, disse eu ao Raimundo.

— Não diga isso, murmurou ele.

Olhei para ele; estava mais pálido. Então lembroume outra vez que queria pedir-me alguma coisa, e perguntei-lhe o que era. Raimundo estremeceu de novo, e, rápido, disse-me que esperasse um pouco; era uma coisa particular.

— *Seu* Pilar... murmurou ele daí a alguns minutos.

— Que é?

— Você...

— Você quê?

Ele deitou os olhos ao pai, e depois a alguns outros

meninos. Um destes, o Curvelo, olhava para ele, desconfiado, e o Raimundo, notando-me essa circunstância, pediu alguns minutos mais de espera. Confesso que começava a arder de curiosidade. Olhei para o Curvelo, e vi que parecia atento; podia ser uma simples curiosidade vaga, natural indiscrição; mas podia ser também alguma coisa entre eles. Esse Curvelo era um pouco levado do diabo. Tinha onze anos, era mais velho que nós.

Que me quereria o Raimundo? Continuei inquieto, remexendo-me muito, falando-lhe baixo, com instância, que me dissesse o que era, que ninguém cuidava dele nem de mim. Ou então, de tarde...

— De tarde, não, interrompeu-me ele; não pode ser de tarde.

— Então agora...

— Papai está olhando.

Na verdade, o mestre fitava-nos. Como era mais severo para o filho, buscava-o muitas vezes com os olhos, para trazê-lo mais aperreado. Mas nós também éramos finos; metemos o nariz no livro, e continuamos a ler. Afinal cansou e tomou as folhas do dia, três ou quatro, que ele lia devagar, mastigando as idéias e as paixões. Não esqueçam que estávamos então no fim da Regência, e que era grande a agitação pública. Policarpo tinha decerto algum partido, mas nunca pude averiguar esse ponto. O pior que ele podia ter, para nós, era a palmatória. E essa lá estava, pendurada do portal da janela, à direita, com os seus cinco olhos do diabo. Era só levantar a mão, despendurá-la e brandi-la, com a força do costume, que não era pouca. E daí, pode ser que alguma vez as paixões políticas dominassem nele a ponto de poupar-nos uma ou outra correção. Naquele dia, ao menos, pareceu-me que lia as folhas com muito interesse; levantava os olhos de quando em quando, ou tomava uma pitada, mas tornava logo aos jornais, e lia a valer.

No fim de algum tempo — dez ou doze minutos — Raimundo meteu a mão no bolso das calças e olhou para mim.

— Sabe o que tenho aqui?

— Não.

— Uma pratinha que mamãe me deu.

— Hoje?

— Não, no outro dia, quando fiz anos...

— Pratinha de verdade?

— De verdade.

Tirou-a vagarosamente, e mostrou-me de longe. Era uma moeda do tempo do rei, cuido que doze vinténs ou dois tostões, não me lembro; mas era uma moeda, e tal moeda que me fez pular o sangue no coração. Raimundo revolveu em mim o olhar pálido; depois perguntou-me se a queria para mim. Respondi-lhe que estava caçoando, mas ele jurou que não.

— Mas então você fica sem ela?

— Mamãe depois me arranja outra. Ela tem muitas que vovô lhe deixou, numa caixinha; algumas são de ouro. Você quer esta?

Minha resposta foi estender-lhe a mão disfarçadamente, depois de olhar para a mesa do mestre. Raimundo recuou a mão dele e deu à boca um gesto amarelo, que queria sorrir. Em seguida propôs-me um negócio, uma troca de serviços; ele me daria a moeda, eu lhe explicaria um ponto da lição de sintaxe. Não conseguira reter nada do livro, e estava com medo do pai. E concluía a proposta esfregando a pratinha nos joelhos...

Tive uma sensação esquisita. Não é que eu possuísse da virtude uma idéia antes própria de homem; não é também que não fosse fácil em empregar uma ou outra mentira de criança. Sabíamos ambos enganar ao mestre. A novidade estava nos termos da proposta, na troca de lição e dinheiro, compra franca, positiva, toma lá, dá cá; tal foi a causa da sensação. Fiquei a olhar para ele, à toa, sem poder dizer nada.

Compreende-se que o ponto da lição era difícil, e que o Raimundo, não o tendo aprendido, recorria a um meio que lhe pareceu útil para escapar ao castigo do pai. Se me tem pedido a coisa por favor, alcançá-la-ia do mesmo modo, como de outras vezes, mas parece que era lembrança das outras vezes, o medo de achar a minha vontade frouxa ou cansada, e não aprender como queria, — e pode ser mesmo que em alguma ocasião lhe tivesse ensinado mal, — parece que tal foi a causa da proposta. O pobre-diabo contava com o favor, — mas queria assegurar-lhe a eficácia, e daí recorreu à moeda que a mãe lhe dera e que ele guardava como relíquia ou brinquedo; pegou dela e veio esfregá-la nos joelhos, à minha vista, como uma tentação... Realmente, era bonita, fina, branca, muito branca; e para mim, que só trazia cobre no bolso, quando trazia alguma coisa, um cobre feio, grosso, azinhavrado...

Não queria recebê-la, e custava-me recusá-la. Olhei para o mestre, que continuava a ler, com tal interesse, que lhe pingava o rapé do nariz. — Ande, tome, dizia-me baixinho o filho. E a pratinha fuzilava-lhe entre os dedos, como se fora diamante... Em verdade, se o mestre não visse nada, que mal havia? E ele não podia ver nada, estava agarrado aos jornais, lendo com fogo, com indignação...

— Tome, tome...

Relancei os olhos pela sala, e dei com os do Curvelo

em nós; disse ao Raimundo que esperasse. Pareceu-me que o outro nos observava, então dissimulei; mas daí a pouco deitei-lhe outra vez o olho, e — tanto se ilude a vontade! — não lhe vi mais nada. Então cobrei ânimo.

— Dê cá...

Raimundo deu-me a pratinha, sorrateiramente; eu meti-a na algibeira das calças, com um alvoroço que não posso definir. Cá estava ela comigo, pegadinha à perna. Restava prestar o serviço, ensinar a lição, e não me demorei em fazê-lo, nem o fiz mal, ao menos conscientemente; passava-lhe a explicação em um retalho de papel que ele recebeu com cautela e cheio de atenção. Sentia-se que despendia um esforço cinco ou seis vezes maior para aprender um nada; mas contanto que ele escapasse ao castigo, tudo iria bem.

De repente, olhei para o Curvelo e estremeci; tinha os olhos em nós, com um riso que me pareceu mau. Disfarcei; mas daí a pouco, voltando-me outra vez para ele, achei-o do mesmo modo, com o mesmo ar, acrescendo que entrava a remexer-se no banco, impaciente. Sorri para ele, e ele não sorriu; ao contrário, franziu a testa, o que lhe deu um aspecto ameaçador. O coração bateu-me muito.

— Precisamos muito cuidado, disse eu ao Raimundo.

— Diga-me isto só, murmurou ele.

Fiz-lhe sinal que se calasse; mas ele instava, e a moeda, cá no bolso, lembrava-me o contrato feito. Ensinei-lhe o que era, disfarçando muito; depois, tornei a olhar para o Curvelo, que me pareceu ainda mais inquieto, e o riso, dantes mau, estava agora pior. Não é preciso dizer que também eu ficara em brasas, ansioso que a aula acabasse; mas nem o relógio andava como das outras vezes, nem o mestre fazia caso da escola; este lia os jornais, artigo por artigo, pontuando-os com exclamações, com gestos de ombros, com uma ou duas pancadinhas na mesa. E lá fora, no céu azul, por cima do morro, o mesmo eterno papagaio, guinando a um lado e outro, como se me chamasse a ir ter com ele. Imaginei-me ali, com os livros e a pedra embaixo da mangueira, e a pratinha no bolso das calças, que eu não daria a ninguém, nem que me serrassem; guardá-la-ia em casa, dizendo a mamãe que a tinha achado na rua. Para que me não fugisse, ia-a apalpando, roçando-lhe os dedos pelo cunho, quase lendo pelo tato a inscrição, com uma grande vontade de espiá-la.

— Oh! *seu* Pilar! bradou o mestre com voz de trovão.

Estremeci como se acordasse de um sonho, e levantei-me às pressas. Dei com o mestre, olhando para mim, cara fechada, jornais dispersos, e ao pé da mesa, em pé, o Curvelo. Pareceu-me adivinhar tudo.

— Venha cá! bradou o mestre.

Fui e parei diante dele. Ele enterrou-me pela consciência dentro um par de olhos pontudos; depois chamou o filho. Toda a escola tinha parado; ninguém mais lia, ninguém fazia um só movimento. Eu, conquanto não tirasse os olhos do mestre, sentia no ar a curiosidade e o pavor de todos.

— Então o senhor recebe dinheiro para ensinar as lições aos outros? disse-me o Policarpo.

— Eu...

— Dê cá a moeda que este seu colega lhe deu! clamou.

Não obedeci logo, mas não pude negar nada. Continuei a tremer muito. Policarpo bradou de novo que lhe desse a moeda, e eu não resisti mais, meti a mão no bolso, vagarosamente, saquei-a e entreguei-lha. Ele examinou-a de um e outro lado, bufando de raiva; depois estendeu o braço e atirou-a à rua. E então disse-nos uma porção de coisas duras, que tanto o filho como eu acabávamos de praticar uma ação feia, indigna, baixa, uma vilania, e para emenda e exemplo íamos ser castigados. Aqui pegou da palmatória.

— Perdão, seu mestre... solucei eu.

— Não há perdão! Dê cá a mão! Dê cá! Vamos! Sem-vergonha! Dê cá a mão!

— Mas, *seu* mestre...

— Olhe que é pior!

Estendi-lhe a mão direita, depois a esquerda, e fui recebendo os bolos uns por cima dos outros, até completar doze, que me deixaram as palmas vermelhas e inchadas. Chegou a vez do filho, e foi a mesma coisa; não lhe poupou nada, dois, quatro, oito, doze bolos. Acabou, pregou-nos outro sermão. Chamou-nos sem-vergonhas, desaforados, e jurou que se repetíssemos o negócio apanharíamos tal castigo que nos havia de lembrar para todo o sempre. E exclamava: Porcalhões! tratantes! faltos de brio!

Eu, por mim, tinha a cara no chão. Não ousava fitar ninguém, sentia todos os olhos em nós. Recolhi-me ao banco, soluçando, fustigado pelos impropérios do mestre. Na sala arquejava o terror; posso dizer que naquele dia ninguém faria igual negócio. Creio que o próprio Curvelo enfiara de medo. Não olhei logo para ele, cá dentro de mim jurava quebrar-lhe a cara, na rua, logo que saíssemos, tão certo como três e dois serem cinco.

Daí a algum tempo olhei para ele; ele também olhava para mim, mas desviou a cara, e penso que empalideceu. Compôs-se e entrou a ler em voz alta; estava com medo. Começou a variar de atitude, agitando-se à toa, coçando os joelhos, o nariz. Pode ser até que se arrependesse de nos ter denunciado; e na verdade, por que denunciar-nos? Em que é que lhe tirávamos alguma coisa?

— Tu me pagas! tão duro como osso! dizia eu comigo.

Veio a hora de sair, e saímos; ele foi adiante, apressado, e eu não queria brigar ali mesmo, na Rua do Costa, perto do colégio; havia de ser na rua larga São Joaquim. Quando, porém, cheguei à esquina, já o não vi; provavelmente escondera-se em algum corredor ou loja; entrei numa botica, espiei em outras casas, perguntei por ele a algumas pessoas, ninguém me deu notícia. De tarde faltou à escola.

Em casa não contei nada, é claro; mas para explicar as mãos inchadas, menti a minha mãe, disse-lhe que não tinha sabido a lição. Dormi nessa noite, mandando ao diabo os dois meninos, tanto o da denúncia como o da moeda. E sonhei com a moeda; sonhei que, ao tornar à escola, no dia seguinte, dera com ela na rua, e a apanhara, sem medo nem escrúpulos...

De manhã, acordei cedo. A idéia de ir procurar a moeda fez-me vestir depressa. O dia estava esplêndido, um dia de maio, sol magnífico, ar brando, sem contar as calças novas que minha mãe me deu, por sinal que eram amarelas. Tudo isso, e a pratinha... Saí de casa, como se fosse trepar ao trono de Jerusalém. Piquei o passo para que ninguém chegasse antes de mim à escola; ainda assim não andei tão depressa que amarrotasse as calças. Não, que elas eram bonitas! Miravaas, fugia aos encontros, ao lixo da rua...

Na rua encontrei uma companhia do batalhão de fuzileiros, tambor à frente, rufando. Não podia ouvir isto quieto. Os soldados vinham batendo o pé rápido, igual, direita, esquerda, ao som do rufo; vinham, passaram por mim, e foram andando. Eu senti uma comichão nos pés, e tive ímpeto de ir atrás deles. Já lhes disse: o dia estava lindo, e depois o tambor... Olhei para um e outro lado; afinal, não sei como foi, entrei a marchar também ao som do rufo, creio que cantarolando alguma coisa: *Rato na casaca...* Não fui à escola, acompanhei os fuzileiros, depois enfiei pela Saúde, e acabei a manhã na Praia da Gamboa. Voltei para casa com as calças enxovalhadas, sem pratinha no bolso nem ressentimento na alma. E contudo a pratinha era bonita e foram eles, Raimundo e Curvelo, que me deram o primeiro conhecimento, um da corrupção, outro da delação; mas o diabo do tambor...

Mario Sabino
Da amizade masculina

Eram bonitos e inteligentes, os únicos a reunir esses atributos na turma iniciante da faculdade de filosofia, e estranhamente não foram as dessemelhanças a atraí-los, mas o contrário — as similaridades que costumam desembocar em repulsão. A simpatia mútua instalou-se entre ambos quando se conheceram. Ou melhor, tão logo se viram. Porque a simpatia, em tais casos, não é algo que precise ser esculpido com paciência. É lampejo, iluminação. Poesia? Poesia, talvez — não épica, lírica.

A beleza. Um e outro enquadravam-se à perfeição na categoria filosófica do Belo, com as harmonias e proporções a ela inerentes, daí a similaridade. Mas, dentro do Belo, as suas belezas eram antípodas, o que não lhes passou despercebido desde o momento inaugural. O primeiro era alto, mas não demais, alourado, olhos verdes, cabeça dolicocefalamente talhada, a pele bronzeada pelos exercícios aquáticos ao ar livre — os mesmos exercícios que lhe conferiram ombros largos, abdome rijo e pernas vigorosas. Uma compleição de escultura grega (clássica, não helênica). O segundo era mediano de estatura, moreno, olhos castanhos, lábios carnudos, a pele muito clara, fruto de uma vida até ali recolhida aos cinemas e bibliotecas — a mesma vida recolhida que lhe rendera o aspecto delicado. Uma compleição de *nouvelle vague.*

Não foram esses atributos gerais, contudo, que mais os atraíram reciprocamente. Foram detalhes captados de soslaio. Do primeiro, o segundo gostou em especial dos antebraços musculosos, bem diferentes dos seus, demasiado finos. Do segundo, o primeiro gostou principalmente dos cílios longos, que aprofundavam ainda mais o olhar castanho, em contraste com o que considerava a superficialidade do seu verde. Não que houvesse na atenção a esses detalhes um sentimento homoerótico — pelo menos, nada que estivesse além do conteúdo dessa natureza que jaz latente em toda amizade entre dois homens, de acordo com os seguidores do velho charlatão. E, a bem da verdade, nem mesmo pode ser definido como atenção o que um prestara ao outro nesse sentido. Foram apenas detalhes captados de soslaio, repita-se, algo bastante comum. Porque é da natureza da amizade entre dois homens aprovar discretamente no outro o que lhe falta. A amizade moderna, enfatize-se. Na antiga, onde as licenças ultrapassavam em muito a poesia (épica ou lírica, não importa) e não havia latência, mas o contrário, exposição, o amor vinha antes — como aquele desejo de alcançar a amizade de quem nos atrai pela beleza, nas palavras de Cícero ecoadas por Montaigne em seu ensaio sobre o assunto.

A inteligência. As inteligências de ambos completavam-se por oposição. O primeiro a adestrara nas querelas ideológicas, de caráter jornalístico, em que a *boutade* precede a reflexão, a polêmica sobrepõe-se à análise, a surpresa ofusca a razão. Era como que a extensão de seu físico atlético, pois também seduzia com facilidade — professores, colegas, mulheres e o novo amigo. Ele, o novo amigo, chegara a comparar para si as intervenções do outro a fogos de artifício lançados contra a noite (na verdade, num tipo de arroubo que emoldura as amizades que já nascem duradouras, formulara a expressão "noite da razão", mas logo voltara atrás por achar que fora longe demais). Fogos de artifício porque se consumiam rapidamente a si próprias, deixando um rastro de luz cuja existência era destinada a sobreviver apenas na lembrança, e que legava a expectativa de mais um espetáculo. Quanto à inteligência do segundo, já foi dito que era de natureza oposta. Reflexiva, analítica, ela se esparramava na formulação de sistemas, na revisão de teses, na verificação dos detalhes — num arco de sedução que abrangia em particular os professores de apostilas amareladas. Se o primeiro tivesse se dado ao trabalho de fazer uma comparação como a dos fogos de artifício (e ele não a fez não por falta de amizade, mas porque andava um tanto ocupado disparando seus foguetes contra a noite), poderia ter usado a imagem de uma lâmpada. Sim, a inteligência do segundo era como uma lâmpada. De luz monótona, uniforme, mas constante. Não havia ali espetáculo, mas referência. A mesma referência de um farol cujo facho se entrevê na neblina de uma noite escura (da razão? Nesse caso, talvez sim). Dessas duas inteligências nasceu uma parceria que se concretizava em trabalhos escolares que casavam fulgor e cálculo, coreografia e fundamento, sedução e lei. E muito mais teriam realizado em comum, não fosse pelo problema que defrontaram.

Há de se destacar antes a convivência entre ambos, da qual sobressaía uma outra característica da amizade eminentemente masculina: o destemor ao silêncio.

É preciso que se diga que pode existir uma amizade feminina entre dois homens, bem como uma amizade masculina entre duas mulheres — e, mais uma vez, isso nada tem a ver com sentimentos homoeróticos. Uma amizade é tão mais masculina quanto mais propensa ao silêncio; e tão mais feminina quanto mais gárrula for. O silêncio da amizade masculina nasce da intimidade. Não daquela conquistada ao longo do tempo ou resultante da convergência de temas cotidianos (moldes da amizade feminina), e sim do entrosamento das almas, para voltar a Montaigne. E por que não usar as palavras do próprio, para definir tal entrosamento? Ao discorrer sobre seu encontro com o amigo La Boétie, Montaigne assim disse em seu ensaio: "Na amizade a que me refiro, as almas entrosam-se e se confundem numa única alma, tão unidas uma à outra que não se distinguem, não se lhes percebendo sequer a linha de demarcação. Se insistirem para que eu diga por que o amava, sinto que não o saberia expressar senão respondendo: porque era ele; porque era eu."

Nenhum amante escreveu à sua amada um soneto apaixonado que se compare a esse trecho. E, no entanto, não era amor que Montaigne nutria por La Boétie, e este por ele. E, no entanto, não era amor que os dois estudantes sentiam um pelo outro. Era amizade — tão profunda que não necessitava de palavras para ser reafirmada. Ambos passavam longos períodos lado a lado, sem proferir nenhuma frase, nenhuma observação, e isso não enfraquecia sua empatia — pelo contrário, a fortalecia. Especialmente quando se dedicavam ao estudo. O muro do silêncio os distanciava do mundo, protegia-os da vulgaridade e das tolices tão conformes ao universo estudantil. Pode um homem fazer o mesmo em relação a uma mulher, não importa em que ocasião seja? Certamente não. O silêncio, aqui, passa por indiferença. Suprimido, no pior dos casos, por discussões acerbas — e, no melhor, por carícias que só servem para tanto: quebrar o silêncio, para se voltar a ele o mais rápido possível. Mas esse não é o assunto.

Havia, como não poderia deixar de ser, uma competição tácita entre eles, outra característica da amizade masculina. Cada um a seu modo tentava brilhar mais aos olhos dos professores e colegas, sem que isso configurasse aberta rivalidade — e aqui se deve reafirmar que os fogos de artifício levavam enorme vantagem sobre a lâmpada. Mas o segundo conseguiu angariar uma razoável porção de admiradores próprios, além dos professores de apostilas amareladas, admiradores que viam na comparação da inteligência do primeiro a um foguetório uma crítica aguda e verdadeira. E ele, o segundo, não pôde deixar de constatar (com alguma alegria) que é dessa forma, pelos ouvidos de terceiros, que muitos elogios nascidos da sinceridade ganham o aspecto da ironia advinda do ressentimento. De qualquer forma, a competição tácita não os atrapalhava — eles a aceitavam, saboreando também em silêncio as vitórias e derrotas que dela resultavam. Viam nisso não diferença, e sim uma curiosa alteridade. Montaigne e La Boétie.

Eles estudavam, viajavam, e também atrás de mulheres iam juntos. Os namoros de um e de outro começaram no terceiro ano da faculdade, com moças de sua classe, de leituras constantes e densas. Ao contrário do que costuma acontecer, as namoradas não distanciaram os amigos. Ambos continuaram a cultivar a amizade intensa, o que implicava relegá-las não raro ao segundo plano. E esse foi o seu erro a partir de determinado momento.

As mulheres são capazes de admitir e suportar penas duras impostas por quem elegeram companheiros: bebedeiras, traições, maus-tratos e até aquele grau de indiferença que se manifesta na escassez de amor carnal. Mas há algo que lhes é inadmissível: a amizade masculina que lhes faz sombra. Não se está falando, evidentemente, daquele gênero de camaradagem tão comum entre os homens de baixa estirpe moral e intelectual, que os faz passar longas horas fora de casa, em atividades que refletem na vida adulta as molecagens e ócios da infância. Esse tipo de relação é até desejado pelas mulheres, que vêem nisso uma válvula de escape para seus homens e mesmo para elas próprias, porque as livra deles durante uma parte do dia — e, com isso, ajuda a manter a ilusão de que uma união que se excede nos anos pode ser feliz. A amizade que faz sombra, no entanto, lhes é insuportável porque atinge o âmago do narcisismo feminino, tão bem nutrido pelo ideal romântico — aquele segundo o qual a amada deve vir antes de tudo, até da própria vida de quem a ama.

Por seis meses, tudo andou bem com os respectivos romances. Passado esse meio ano, as exigências femininas recrudesceram, como é natural, visto que, para as mulheres dos mais diferentes repertórios, tal é o tempo que delimita o namorico do compromisso. Foi então que a amizade de ambos projetou uma sombra sobre a namorada do primeiro. Já não passavam mais despercebidas as longas horas de estudo em conjunto. Deixaram de ser desculpáveis as viagens curtas que os dois planejavam sem incluí-las. Tornaram-se inadmissíveis as noites de vigília que o segundo compartilhava com o primeiro, na casa deste último.

E eis que, como os amigos continuavam inseparáveis, numa certa ocasião em que o desejo perdera outra vez para o cansaço, a namorada do primeiro, irritada, insinuou a seu par cabisbaixo que poderia haver uma razão de fundo para a falta de entusiasmo que nele se manifestava com freqüência além do aceitável, pelo menos na opinião dela. Que talvez a coincidência de caráter histórico que ambos protagonizavam fosse muito mais do que isso, uma coincidência. Que era bem possível que ela, a coincidência que era mais do que uma coincidência, traduzisse uma afeição profunda e sensual entre os dois.

Foi expulsa quase a pontapés.

É verdade que, desde o primeiro dia, a convergência curiosa chamou a atenção na faculdade de filosofia. Tanto que logo deu margem a brincadeiras maliciosas. Deve ser dito, porém, que tais zombarias jamais haviam transcendido as bordas do tolerável e, no decorrer do tempo, perderam a graça, como ocorre com todas as piadas que, de tão repetidas, vão deixando de ser recontadas. Mas o que era chiste assumiu ares de verdade quando a namorada do primeiro, agora ex, pôs-se a vingar-se do desprezo com que imaginava ter sido tratada. Desprezo e, pior, traição inaudita. Seu passo inicial foi procurar a namorada do segundo, para relatar-lhe o que afirmava ser a sua descoberta. A princípio, esta resistiu às investidas da despeitada. Não, não era possível, dizia, os dois eram só amigos, de uma amizade que deveria ser motivo de orgulho, apesar de todas as implicações desagradáveis, pois que era de um gênero raro. Como a segunda insistisse, não demorou que sua resistência esmorecesse — por egoísmo e desconfiança. Por egoísmo, primeiramente, porque viu no fato a chance de separar o seu próprio namorado do amigo que lhes tomava tantas horas (a sombra da qual se falou). Assim, duplicou sua ternura e dedicação, para que se tecessem sem maiores conflitos conversas em que expressava a sua preocupação com o falatório que vicejava na faculdade e também fora dela, em círculos concêntricos. Sei que tudo é difamação, dizia, mas, entre a verdade e a representação, o mundo sempre fica com a segunda, de modo que... Incomodado com os constantes apelos para que guardasse uma distância mais prudente do amigo, e percebendo o quanto a ternura e dedicação extremadas podem ser tão-somente manobras para justificar os fins, o segundo pensou em terminar a relação — com a namorada.

Um episódio veio a cancelar essa possibilidade.

Acuado pelos rumores que sua ex-namorada não cessava de propagar, o primeiro perdeu o equilíbrio e entregou-se com alguma constância ao álcool — e, alcoolizado, imaginou uma pirotecnia surpreendente, para dar um basta àquilo tudo. Pirotecnia que levou a cabo mesmo depois de evaporados os eflúvios que o levaram nessa direção, uma vez que seu equilíbrio estava de fato rompido. A saber: ele interrompeu uma aula para fazer uma declaração de amizade ao segundo. Aquela não era uma classe de filosofia? Pois então: faria dela a sua Ágora. Levantou-se, pediu licença, anunciou sua intenção, dirigiu-se ao tablado de onde o professor dominava a classe e leu um trecho do ensaio de Montaigne — o trecho em que o francês compara a amizade à afeição pelas mulheres, com clara desvantagem para esta última. "Nossa afeição pelas mulheres, embora fruto de nossa escolha, não poderia comparar-se à amizade nem substituí-la etc."

Ah, como são vãos os atuais filósofos ou pretendentes a! Ele perceberia que havia criado uma armadilha para si próprio — e para o amigo — ainda em meio à leitura. Houvesse pinçado outro fragmento, o efeito teria sido outro? Talvez não, dado que qualquer declaração do tipo, àquela altura, era uma temeridade para as reputações de ambos. É preciso convir, no entanto, que a escolha do trecho não poderia ter sido mais infeliz. Ao término do espetáculo, via-se o discursante em prantos, sua ex com um inextinguível sorriso maldoso, o homenageado ruborizado e sua namorada mastigando os lábios. Ao fundo, uma cacofonia de falas e risinhos gaiatos.

Já se falou como a resistência da namorada do segundo havia esmorecido por obra do egoísmo. Faltou falar de como a desconfiança também a minou. É que, uma vez lançada determinada acusação, torna-se quase impossível não tomá-la como verdadeira. De uma hora para outra, atitudes e gestos do namorado não pareciam corresponder ao que se espera de um homem. Muito refinado, esse moço — observações assim, antes motivo de orgulho, agora a incomodavam, mesmo quando examinadas em retrospecto, porque soavam nascidas da picardia. E o grande interesse dele pelos libertinos do século XVII também não ajudava, pensou com sua cabecinha repleta de leituras constantes e densas. Em resumo, apesar de toda a sua resistência, uma parte dela começou a acreditar que talvez houvesse algo nele que ainda não se revelara por inteiro, mas que seria impossível conter por muito tempo. Depois do foguetório desastrado do outro, o namoro só duraria mais dois meses.

Como o amor pelas mulheres não pode ser comparado à amizade, a conseqüência mais triste do episódio foi mesmo o fim da parceria entre os belos e inteligentes rapazes. A amizade já andava desconfortável demais, mesmo para eles, tão acima da média, e a piroctenia fora de hora do primeiro só serviu para torná-la insuportável. Terminou com uma explosão seguida por um suspiro. E, para que não reste dúvida de que o término da amizade foi muito doloroso, os ex-amigos decidiram abandonar o curso de filosofia. Fugiram um do outro, e também do cenário onde haviam se conhecido.

Perderam-se dois pensadores. O primeiro, aproveitando seu talento para os foguetes, enveredou pela publicidade. O segundo, explorando sua meticulosidade, seguiu pelo caminho das finanças. Fizeram outras amizades (nenhuma profunda, por via das dúvidas), casaram-se por fim (com mulheres de leituras raras e ralas, por via das dúvidas). Da filosofia, só restaram poucos livros que habitavam as prateleiras mais altas de suas estantes. Com o passar dos anos, muito daquele período de suas vidas adquiriu os contornos das imagens projetadas na caverna de Platão. Era-lhes difícil distingui-los.

Vinte anos mais tarde eles viriam a encontrar-se. Era a entrega de um prêmio a um conhecido poderoso, e ambos estavam acompanhados de suas mulheres. Foi de maneira tal que não dava para evitar. "Como vai?", perguntou o segundo. "Como vai?", respondeu o primeiro. O segundo notou que os antebraços do primeiro continuavam musculosos; o primeiro, que os cílios do segundo ainda aprofundavam o olhar castanho. Mas tudo foi de soslaio, e bem depressa. Encaminharam-se para lados opostos, e lá permaneceram até que a festa chegasse ao fim.

"Quem é ele?", perguntou a mulher do primeiro. "Quem é ele?", perguntou a mulher do segundo. "Sócrates", respondeu um. "Alcebíades", respondeu o outro. E esses nomes não causaram nenhum efeito nelas, mulheres de leituras raras e ralas.

Moacyr Scliar
Conspiração

Sempre que faltava um professor, Dona Marta o substituía. Lecionava canto; a disciplina era considerada de importância secundária, e além disso suas aulas eram péssimas — mas, em compensação, ela estava sempre disponível. De manhã, de tarde, de noite. Morava no colégio, praticamente. Quando chegávamos, pela manhã, já estava sentada na sala dos professores, sempre com aquele sorriso, meio sofrido, meio idiota; e ficava na escola mesmo depois que saíam os últimos alunos do noturno. Esperava um irmão que vinha buscá-la; como ninguém nunca tinha visto esse irmão, circulava a história de que ela dormia no sótão do colégio. Que comia lá, era certo. Ao meio-dia ia para um banco, no pátio, tirava de sua sacola um sanduíche e ficava mastigando, melancólica.

Um dia não veio a professora de português. Trouxeram a Dona Marta. Entrou na sala de aula, no seu andar vacilante, cumprimentou-nos, pediu desculpas pela ausência da colega. E anunciou que não nos faria cantar: estava rouca (coisa difícil de comprovar; sua voz tinha normalmente um timbre enrouquecido. O que era motivo de deboche: Goela Enferrujada, era seu apelido. Que ela ignorava, ou fingia ignorar).

— Vamos fazer uma coisa diferente — disse. Tentou assumir um ar misterioso, cúmplice: — Vamos fazer de conta que estamos na aula de português, certo? Quero que vocês escrevam uma composição. Sobre qualquer tema, à escolha de vocês. Depois escolherei cinco alunos, ao acaso; lerão suas composições e o melhor ganhará um prêmio.

Fez uma pausa e acrescentou:

— Aqui está.

Tirou da bolsa um chocolate. Uma barra de chocolate ordinário, pequeno. E aquela barra ela segurou no ar pelo menos um minuto, sorrindo, feliz.

O nosso era um colégio de filhos de gente rica. Chocolate, bombons, balas, tínhamos todo dia, a qualquer hora. Chocolate? Ouvi risinhos de mofa. Mas nesse momento o diretor apareceu à porta e lançou-nos um olhar severo. Pusemo-nos imediatamente a trabalhar.

Eu tinha certeza de que não seria escolhido para ler. Nunca era escolhido para nada, e nem queria. Isto, e mais o fato de que na época andava lendo muito livro de mistério, talvez explicasse o título de minha composição, "Conspiração contra os cegos". Nela, eu descrevia um distante país, governado por uma casta de cegos; rei cego, ministros cegos, generais cegos, todos oprimindo cruelmente o povo. Que não podia se revoltar, e sequer conspirar: os ouvidos aguçadíssimos dos cegos captavam qualquer murmúrio de descontentamento. Mesmo assim, líderes resolutos conseguiam organizar uma conspiração, baseada só na palavra escrita. Livros eram publicados contra os cegos, revistas, jornais. Toda a articulação anticegos era feita por escrito. Finalmente a oligarquia era derrubada e um novo rei assumia. Seus primeiros atos: destruir as impressoras, fechar os jornais e declarar ilegal a alfabetização.

Terminei a composição e fiquei quieto, aguardando. Os outros iam terminando também. Prontos?, perguntou ela. Todos responderam que sim. Menos eu. Fiquei quieto. E contudo, foi para mim (muito azar!) que ela apontou seu dedo vacilante.

— Você... Como é seu nome?

— Oscar — respondi (mentira; meu nome é Francisco Pedro; alguns risinhos abafados se ouviram, mas eu fiquei firme).

— Bonito nome — ela, sorridente. — Leia sua composição para nós, Oscar.

Não havia como escapar. Dei uma olhada na folha de papel, e, depois de uma pequena hesitação, anunciei:

— Escrevi sobre um passeio no campo.

Ela sorria, aprovadora. Contei então sobre um passeio no campo. Descrevi a paisagem: as árvores, o riacho, as vacas pastando sob um céu muito azul. Concluí dizendo que um passeio no campo nos ensinava a amar a natureza.

Muito bonito, ela disse, quando terminei. E acrescentou, emocionada:

— Eu gostaria de guardar sua composição.

Não vale a pena, eu disse. Mas eu quero, insistiu ela. Não vale a pena, repeti. Ela riu: ora, Oscar, não seja modesto, me dê a sua composição.

— A composição é minha — eu disse — e faço com ela o que quero. Esta aula era para ser de canto, não de português. A senhora não tem o direito de me exigir nada.

— Vou pedir pela última vez — disse ela, e sua voz agora tremia. — Quero sua composição. Por favor.

Peguei a folha de papel e rasguei-a, em meio a um silêncio sepulcral.

Não disse nada, mas todos podiam ver as lágrimas correndo-lhe pelo rosto. O que me surpreendeu: eu não sabia, naquela época, que os cegos podem chorar.

Nélida Piñon
Aventura de saber

Recebida na escola, após a sua estranha doença, disse-lhe o diretor:

— É bom tê-la de volta, professora.

Embora amável, a observação envergonhava. Anos na profissão e ainda não dominara o sortilégio, os pequenos homens entregues à sua voracidade. Às vezes, a vantagem comovia-a, depois um ódio dominante, medo da infinita liberdade degenerar quando se destinara a educar. Conhecia teoricamente os limites, daí confundir-se.

Reaproximando-se das coisas, para impor-se o hábito antigo, avistou o menino que se aproximava. Apenas um jardim abandonado, e logo pressentiu que apesar do seu indomável desejo, ensinaria aquele corpo que esturgia dentro das roupas a desistir. Há meses, um perigo os envolvera, sem que comentassem. Ela conhecia a fatalidade da sabedoria de um menino. Mas o menino, toda a sua força ignorada, nunca reagira.

Foi então que gritou, já que não dispensava a rudeza para conviver com as coisas.

— O que é que você quer?

— A senhora não queria que eu viesse? — Parecia doente, uma palidez de quem tomba. Não dormira bem nos últimos tempos.

Sem magoar o que pertencia ao mundo, a professora tomou seu pulso, até o menino corar. Percebia o perigo, o que se interpreta no gesto simples. E sendo isto o que mancha a vida, tanto instalava-se entre eles.

— Tudo que você pensar está errado.

O menino baixou a cabeça, com medo. Confundia-o o mundo que, embora aderisse à sua pele envelhecendo-a, dera-lhe formação imperfeita. Você ainda não é homem, apesar dos indícios, dizia-lhe a consciência. E nem os sinais sensíveis o comoviam. Pensava então que a professora conhecia os seus mistérios porque os dominara. E a cada descoberta, esta imprecisão o acompanhava. Como se nunca mais, desde que a vergonha o perseguira, nada abrandasse dentro dele. À professora ia submetendo a sua natureza, que embora audaciosa não sabia se empregar. Não que devesse à mulher desvendá-la, ou mesmo registrar na ação o que o atormentava nos músculos, os nervos expostos eram aptidões de quem se retesa no inútil, afobado ainda. Como até então a sua passividade fora resposta para a vida, passara a lhe pertencer.

Compreendia a professora o que o menino abandonava para segui-la. Mas não podiam se explicar. O silêncio acompanhara-os desde que se conheceram. Na aula inicial, logo aquele rosto inquieto. Teve medo de olhar, mas o menino a acompanhara, parecendo seu o grito de que precisava da vida. Àquela insistência, resistiu por muito tempo. Depois, porque se cansara, olhou também, com severidade, impressionada com a tristeza que o amolecia, embora suas convicções excluíssem piedade. Não se afastaria de um sistema cruelmente construído. Um dia, na rudeza habitual, gritou com o menino:

— Saia da sala, vamos.

O menino afastou-se sem compreender o castigo. Ficou sem aparecer alguns dias. A professora assustou-se. Chegou a discreta indagar dos colegas. Talvez soubessem. As informações, vagas, a aturdiram mais ainda. Foi à secretaria, entre tantas fichas decorou o seu endereço. Numa tarde, após as aulas, passou pela casa. O menino no jardim parecia ler. Olhou-o, detrás de uma árvore. Mas o menino, sem se mexer, não se deixou invadir por uma estranha. Algum tempo ainda agüentou a expectativa. Depois, o menino forte e resistente na leitura foi para casa. E não conseguia dormir. Entregue à resistência, o seu corpo comovia-se.

Finalmente, o diretor chamou o menino, exigindo satisfação, notícias talvez. Ele apareceu, abatido. E da sua cadeira pôs-se a observá-la.

Distraída, a professora empenhava-se numa tradução poética. Esforçando-se embora habitual o exercício. A vez do menino responder, ela ignorou aquele rosto que parecia lhe pertencer. Seguro, a sua voz semelhante à voz de homem, modificada por uma nova convivência talvez.

— Uma mulher atrás de uma árvore.

E se deteve. A professora, sem coragem de corrigi-lo, desprendeu-se do livro, descobrindo no menino o esforço. E irritou-se, não com o seu conhecimento, mas com aquela segurança que avaliara os dias de distração e repouso para comprometê-la com o poderio que sua carne de menino já ameaçava. Depois, choveu. À saída, o menino não se mexia. Molhava-se sem lhe oferecer ajuda, o guarda-chuva fechado. Na porta do colégio, ela pensou, agora ele vem. Mas, inquieto, como pagasse uma culpa, deixava-se molhar. Surgindo o diretor, ela deu-lhe o braço, e já ia longe quando se voltou. O menino na chuva, até que a esperança de vê-la ainda o protegesse.

Numa assembléia, reunidos os pais e os professores, o menino parecia menino no tumulto geral, na vantagem de um pai que o protegesse. Quando o viu acompanhado, um mal-estar a dominou. Sentia-se velha e cansada, talvez por não ter quem a acompanhasse, ou por ver pais acompanhando meninos, aquele principalmente. Discutia-se a necessidade de mútua comunicação, havia embaraços de parte a parte. O pai do menino levantou-se, encontrando soluções nos problemas do filho, expondo-os todos.

Ainda falava quando o menino procurou seus olhos, a vergonha dominando-o. Aquele pai intransigente desnudara-o diante dela. A professora, que lhe dera severidade para que nada o perturbasse, ou alguma coisa ferisse o percurso da vida, teve imensa piedade. E também imaginou-o nu, semelhante imagem perturbando. Procurou desviar seus olhos, esquecê-lo, mas o menino a dominava. E não suportando a idéia de conhecer seu corpo com um conhecimento que a alcançava com a sua desfaçatez, sem nele participar efetivamente, teve ódio do pai, e um intenso ciúme. Raivosa, abandonou a sala.

No dia seguinte, não se falaram. Ela intensificando a rudeza, ele carregando a vergonha que um pai lhe legara. Uma tristeza tão afrontosa que ela ainda sentiu raiva. Todo seu ciúme, ainda não descoberto, apoiava-se naquele desamor. Deu-lhe notas mais baixas, o menino hesitava às questões propostas.

Uma menina, loura e curiosa, sentou-se ao seu lado, querendo lhe falar, nos recreios principalmente. O menino — o mundo o esmagava tão fatalmente que nem usava os recursos da conquista, o seu corpo queria a limpeza de a nada mais pertencer senão à sua hesitante e triste vontade — escapava-lhe, precariamente intuindo que assim devia proceder. Contudo a menina não percebia a fuga. E ignorava como avisar-lhe. Orientar a quem apenas se propõe nos conquistar. Ou ensinar no sentido de desistir. Como hesitava e ferozmente rejeitava, deixou que a menina o invadisse, porque mais forte do que ele era a sua outra luta.

Desde que a menina apoiou-se no menino, soube a professora a que conclusões se chegam quando as pessoas se aproximam, já que se tornou impossível recusar o que via. Mas aquela imperfeição que orienta os primeiros contatos de amor parecia-lhe de uma sabedoria tão perigosa que não agüentou. Gritando ameaçou-os com castigo, enquanto proibia-os de se sentarem juntos. Compreendia ainda a professora que na menina o seu inocente olhar fosse já aquele de uma espécie que arduamente luta para se esquivar por não ser hora de olhar, quando tudo impede o esclarecimento, porque esclarecer é difícil, e há tantas coisas que em nome da humanidade nunca devem ser esclarecidas. Como sabia também ser crime determinar o amor num olhar que tudo fizera para proteger o seu íntimo segredo, chegando mesmo a se envolver na graça de uma grave indiferença. Dera-lhe o menino um olhar de gratidão e apenas este olhar, de vez em quando, acalmava-a um pouco, suavizando a sua maldade.

Houve uma visita na sala. Falava-lhes o padre sobre a alma, o corpo. Da necessidade de se evitar o amor quando tudo era despreparo para esta função. Incomodado na clemência do padre, o menino mexia-se penosamente na cadeira. Distraída, a professora tudo acompanhava na sua infinita atenção. Ou porque o cansaço o sustentava e talvez o envelhecesse, o menino fixava a professora. Precisando olhar para disfarçar, ou para ser forte, ela finalmente o encarou. E teve medo. Todo o olhar que dele recebia, era um olhar de homem e pensou estarem num quarto, havia uma grande cama grudada à parede. Ele se aproximava e tal ímpeto dirigia-os que nem descobririam quem se dera primeiro, e por ignorarem qual deles abdicara de todas as suas condições com mais coragem, mais empenharam-se na luta de saber quem primeiro se extinguiria. E parecia-lhe, na sua visão, que se amavam com ferocidade, a despeito da invasão da pobreza do quarto, do suor que os emagrecia pouco a pouco, de perderem a noção do dia, apenas a fome a orientá-los dava-lhes o erro do seu frágil cálculo. Mas no amor e todo o seu engenho, não era o corpo do menino que a dirigia e orientava os nervos em dissolvência, e acompanhava a cara do menino. Muito pelo contrário, era o corpo do padre, alto e forte, que emprestara ao rosto do menino aquela disformidade desorientando-a e que no intervalo do amor dava-lhe medo, e como ele percebesse, naquele quarto, ter ela medo porque fazia-lhe amor com um corpo que não era seu, mais empenhava-se em tomá-la, para que no naufrágio nada ela enxergasse senão a sensação que aquele mesmo corpo enorme, não sendo seu, oferecia-lhe. Então, parecia à professora que, até no quarto, havia a irritante luta de não se apreciarem. O menino, que ela não visse o corpo do padre encaixado no seu rosto. A mulher, empenhada em não ser possuída, como prostituta, por um corpo que não sendo o do menino nunca poderia satisfazê-la. Certa de que apenas aquele corpo ainda indeciso, que não se enrijecera a ponto de controlar o seu com toda a sua habilidade, era o que lhe convinha. E como, apesar de odiar o menino no amor do quarto com uma grande cama encostada na parede, queria oferecer-lhe a sua incerta fidelidade, começou a gritar, enquanto ele, agora inexplicavelmente, pois antes estavam igualmente nus na cama, arrancava-lhe as roupas, rasgando o que a ele se opunha, até ver a superfície da sua pele, haveria de roçá-la como uma carne se descontrola naquela lassidão escorregadia.

— A senhora está se sentindo mal?

Todos se levantaram, viu-se estranhamente cercada, não sabia o que dizer. Suava, uma longa vida revelava-se no seu corpo, e o cansaço a abatia.

— O que se passou, está se sentindo mal?

Sempre repetiam. Trouxeram água, e ela desconhecia o que fizera, prejudicando a conversa do padre, o interesse dos alunos. Vindo logo depois, ao diretor contaram que de repente começara a gritar até tombar da cadeira, a cabeça para trás, o suor invadindo-a talvez no alívio. Compreendendo o seu desatino, teve vergonha. Primeiro imaginou-se sem roupa, depois que percebessem no seu furor origens estranhas. Com a dignidade que lhe restava, levantou-se, que não se preocupassem, estava bem, tão terríveis as dores na cabeça que nem impedira os gritos, iria ao médico, há muito devia-se esta visita. O diretor ofereceu-se a acompanhá-la, teria férias, com doença não se brinca, e depois merecia a consideração do colégio. Deu-lhe o braço, ela aceitando. Súbito, enxergou a cara do menino, o desesperado rosto que embora se esforce, ainda é menino, mas a expressão de homem que possuíra uma mulher, sobre ela exerceu direitos, pertencia-lhe como o seu corpo a tomara, conhecia-a como se toma as coisas do chão, leva-se para casa, e passam a nos pertencer para sempre. Via a mulher arrastada pelo diretor, de nada participando — pois entre eles se estabelecera uma íntima comunicação —, ele que a exaurira e a estragara com seu ímpeto de homem. Ressentia-se em não acompanhá-la, consolar a sua dor com o conhecimento que passara a existir, tão intimamente o pressentiram. Nervoso, afastou as lágrimas que ainda invadiam o rosto e parecia um homem selvagem.

Os dias passaram. Falou-se da professora, que se ausentara todos sabiam, o menino também, mas não lhe ajudava saber que abandonara a cidade, talvez não voltasse, porque também tivera vergonha, talvez se afastasse para sempre. Enquanto decidira-se pela severidade do rosto, o menino aguardava.

Agora que voltara e estavam juntos, e não se interpretara maliciosamente a sua ausência, aliviava-se como as pessoas solitárias no seu estranho equilíbrio.

Tudo que você pensar está errado, teve vontade de repetir, até que ele aprendesse. Mas se erravam em pensar, corrigiam-se na interpretação do que queriam. O menino acompanhou o seu andar. Jamais haviam passeado juntos. A professora e o menino. Andavam pela vida, como se anda pela floresta. Lentamente abandonava a professora a resistência daqueles meses. E pela primeira vez mantendo um diálogo, o menino falava-lhe do medo, das coisas, da paisagem. Ela respondia pacientemente, à voz imprimindo a suavidade que a envelhecia diante do menino. Compreendendo que um terrível sacrifício lhe seria exigido. Que já a dominava, porque apenas ela o compreendia, enquanto equipava o menino para possuir o mundo. E, se o engano orientava o menino, à professora garantia a limpidez de uma conduta moral.

Perguntou-lhe muitas coisas, o que realmente gostava. Sempre destruindo o passado que os unira, heróica acorrentava-se a um futuro ao qual jamais pertenceria. Sem que o menino percebesse o caminho doloroso que orienta uma mulher, e a elegância daquela brecha. Atingira a mulher uma tal suavidade, que afetados seus passos diminuíram, como se já fosse uma mulher gorda, nunca outro o seu destino. Embora conversassem, no seu precioso sacrifício ela envelhecia.

O menino agitava-se contente, quase dominando um corpo que, embora sujeito a novos crescimentos, finalmente já lhe oferecia certos sintomas contra os quais empregaria a sua astúcia. Desvaneciam-se a espera e o desespero dos últimos meses. Gostava muito de chocolate, sabia? E a mulher teve vergonha de amar um menino que gostava de chocolate, como é vergonhoso, banhando-se uma criança, esquecer que nem se comprou o talco, proteção para a pele tenra sujeita aos detritos e às erupções. A seguir se acalmou, pois o seu destino se servia de uma coragem.

— Que mais que você gosta?

À medida que ele falava, aquele corpo, e definitivamente percebia-o um homem, embora inexperiente para amar, revelou-se desajeitado, perdendo a harmonia que ela sempre teimara descobrir. Aquele acúmulo de braços, pernas, ao qual sujeito ele não se dera conta, afligia-a, transmitindo-lhe a aparência de um corpo inconformado, e ainda a consciência que acompanha uma mulher que inicia um adolescente nas manobras da vida com cautela, sem feri-lo organicamente, poupando uma força destinada a tanta coisa.

No intuito de que finalmente descobrisse o mistério do seu rosto, até surpreendê-lo o longo engano, ela foi se dando toda, cedendo defeitos e sua vontade. Porque o menino ainda não dispunha de forças que compreendessem a integralidade de alguém a ponto de repousar sobre a análise que se fará feroz e continuar a amar. Desconhecia que se fazia necessário o vício para se apreciarem as coisas melhores. Despreocupado, o menino errava os passos, mas ela, dolorosamente ferida, transmitia-lhe a imagem de quem não cuida das coisas corretas. Doía-lhe envelhecer diante dele, que fora um encanto e uma aptidão. Perder a aparência do amor era o seu sacrifício.

Esgotada a luta, separaram-se. O menino sorrindo. A professora não dormiu toda a noite, alguma coisa muito séria se decidia. Pensou, se amanhã na sala ele me olhar com o mesmo amor, trago-o para minha casa e me entrego a ele, será meu enquanto ele me quiser. Definindo-se, sentia-se segura. Lembrou-se do menino, no corpo que amava e precisava. Desejou apagar o feio envelhecimento teimosamente construído na véspera, para juntos conhecerem a vida, um menino ainda compungido pelo amor.

De manhã, foi para o colégio. Antes, pusera o melhor vestido, no rosto a correção da pintura abrandava as suas feições, e os olhos brilhavam. Atrasou-se até.

Mas de cabeça erguida entrou na sala. Contrafeita e com medo. Sem olhar a mesa onde ele estaria, foi se habituando à vida, tudo que a invadia. Agora a felicidade se esclarecia, viu o menino, o seu rosto claro, todo o amor que a desfigurara por meses acalmando-a, sentia-se pronta a se dar a um menino, sem temor ou vergonha, sem pensar que o perdia porque se daria inteira, sem pensar em ter mais nada, depois dele.

Tranqüilo na sua mesa, o menino sorriu para ela, causando-lhe inquietação aquele sorriso, quase nojo. Olhou-a infiltrando-se em seus segredos, não nas artimanhas de mulher porque isto a acalmaria para sempre, mas nos segredos vulgares que a cada homem compete desvendar, sem vínculos maiores, e a impressão, embora não a explicasse, aniquilou-a. E viu ao seu lado a menina loura. Ainda não se falavam, exatamente como antes, quando injusta os denunciara. Mas nem a justiça de que se cercava no momento esconderia o mundo que entre eles ia se esclarecendo. A professora não se iludiu. O menino não era mais seu. Aceitara finalmente a sua época, ela que o fizera assumir um tempo.

Procurou controlar-se, prender-se desesperadamente aos limites do quadro-negro. Afinal compondo forças, virou-se de novo, envelhecida, ou pelo menos convencida de que até isto lhe seria indiferente. E como percebeu que ia sofrer toda a vida, analisou lentamente todos os rostos, não que procurasse um outro rosto de menino que substituísse aquele que ela amava, mas procurando confundir entre tantos aquele rosto único. A professora compreendia que as coisas a abatessem, que o menino amasse uma menina.

Rubem Braga
Aula de inglês

— *Is this an elephant?*

Minha tendência imediata foi responder que não; mas a gente não deve se deixar levar pelo primeiro impulso. Um rápido olhar que lancei à professora bastou para ver que ela falava com seriedade, e tinha o ar de quem propõe um grave problema. Em vista disso, examinei com a maior atenção o objeto que ela me apresentava.

Não tinha nenhuma tromba visível, de onde uma pessoa leviana poderia concluir às pressas que não se tratava de um elefante. Mas se tirarmos a tromba a um elefante, nem por isso deixa ele de ser um elefante; mesmo que morra em conseqüência da brutal operação, continua a ser um elefante; continua, pois um elefante morto é, em princípio, tão elefante como qualquer outro. Refletindo nisso, lembrei-me de averiguar se aquilo tinha quatro patas, quatro grossas patas, como costumam ter os elefantes. Não tinha. Tampouco consegui descobrir o pequeno rabo que caracteriza o grande animal e que, às vezes, como já notei em um circo, ele costuma abanar com uma graça infantil.

Terminadas as minhas observações, voltei-me para a professora e disse, convictamente:

— *No, it's not!*

Ela soltou um pequeno suspiro, satisfeita: a demora de minha resposta a havia deixado apreensiva. Imediatamente perguntou:

— *Is it a book?*

Sorri da pergunta: tenho vivido uma parte de minha vida no meio de livros, conheço livros, lido com livros, sou capaz de distinguir um livro à primeira vista no meio de quaisquer outros objetos, sejam eles garrafas, tijolos ou cerejas maduras — sejam quais forem. Aquilo não era um livro, e mesmo supondo que houvesse livros encadernados em louça, aquilo não seria um deles: não parecia de modo algum um livro. Minha resposta demorou no máximo dois segundos:

— *No, it's not!*

Tive o prazer de vê-la novamente satisfeita — mas só por alguns segundos. Aquela mulher era um desses espíritos insaciáveis que estão sempre a se propor questões, e se debruçam com uma curiosidade aflita sobre a natureza das coisas.

— *Is it a handkerchief?*

Fiquei muito perturbado com essa pergunta. Para dizer a verdade, não sabia o que poderia ser um *handkerchief*; talvez fosse hipoteca... Não, hipoteca não. Por que haveria de ser hipoteca? *Handkerchief!* Era uma palavra sem a menor sombra de dúvida antipática; talvez fosse chefe de serviço ou relógio de pulso ou ainda, e muito provavelmente, enxaqueca. Fosse como fosse, respondi impávido:

— *No, it's not!*

Minhas palavras soaram alto, com certa violência, pois me repugnava admitir que aquilo ou qualquer outra coisa nos meus arredores pudesse ser um *handkerchief*.

Ela então voltou a fazer uma pergunta. Desta vez, porém, a pergunta foi precedida de um certo olhar em que havia uma luz de malícia, uma espécie de insinuação, um longínquo toque de desafio. Sua voz era mais lenta que das outras vezes; não sou completamente ignorante em psicologia feminina, e antes dela abrir a boca eu já tinha a certeza de que se tratava de uma palavra decisiva.

— *Is it an ashtray?*

Uma grande alegria me inundou a alma. Em primeiro lugar porque eu sei o que é um *ashtray*: um *ashtray* é um cinzeiro. Em segundo lugar porque, fitando o objeto que ela me apresentava, notei uma extraordinária semelhança entre ele e um *ashtray*. Sim. Era um objeto de louça de forma oval, com cerca de treze centímetros de comprimento.

As bordas eram da altura aproximada de um centímetro, e nelas havia reentrâncias curvas — duas ou três — na parte superior. Na depressão central, uma espécie de bacia delimitada por essas bordas, havia um pequeno pedaço de cigarro fumado (uma bagana) e, aqui e ali, cinzas esparsas, além de um palito de fósforos já riscado. Respondi:

— *Yes!*

O que sucedeu então foi indescritível. A boa senhora teve o rosto completamente iluminado por onda de alegria; os olhos brilhavam — vitória! vitória! — e um largo sorriso desabrochou rapidamente nos lábios havia pouco franzidos pela meditação triste e inquieta. Ergueu-se um pouco da cadeira e não se pôde impedir de estender o braço e me bater no ombro, ao mesmo tempo que exclamava, muito excitada:

— *Very well! Very well!*

Sou um homem de natural tímido, e ainda mais no lidar com mulheres. A efusão com que ela festejava minha vitória me perturbou; tive um susto, senti vergonha e muito orgulho.

Retirei-me imensamente satisfeito daquela primeira aula; andei na rua com passo firme e ao ver, na vitrine de uma loja, alguns belos cachimbos ingleses, tive mesmo a tentação de comprar um. Certamente teria entabulado uma longa conversação com o embaixador britânico, se o encontrasse naquele momento. Eu tiraria o cachimbo da boca e lhe diria:

— *It's not an ashtray!*

E ele na certa ficaria muito satisfeito por ver que eu sabia falar inglês, pois deve ser sempre agradável a um embaixador ver que sua língua natal começa a ser versada pelas pessoas de boa-fé do país junto a cujo governo é acreditado.

Mapa dos contos

"Aula de reforço" é um conto inédito de Cristovão Tezza (Lages, 1952), romancista radicado em Curitiba, palco de suas principais obras, como *Trapo* (1988) e *Juliano Pavollini* (1989). Com *O fotógrafo* (2004), ganhou o Prêmio ABL 2005 para melhor obra de ficção.

"Os astrônomos" é parte do livro de histórias autobiográficas *Infância* (1945), de Graciliano Ramos (Quebrangulo, 1892 — Rio, 1953), um dos clássicos da ficção moderna no Brasil, autor de romances magistrais como *São Bernardo* (1934), *Angústia* (1936) e *Vidas secas* (1938). Em 1937, recebeu o prêmio Literatura Infantil, do Ministério da Educação, por *A terra dos meninos pelados*, e, em 1942, o prêmio Felipe de Oliveira pelo conjunto de obra.

"A lição" faz parte do volume *Panela de ferro* (1998), de Isaque Fonseca (Volta Redonda, 1949), ex-dirigente sindical e ex-vereador, que atualmente tem se dedicado à pintura naïf.

"Um músico extraordinário" é um conto de Afonso Henriques de Lima Barreto (Rio de Janeiro, 1881-

1922), publicado em *Histórias e sonhos*. Mulato em atrito com o meio intelectual da época, alcoólatra, esteve internado em hospícios, vivendo sempre com muita dificuldade, o que não o impediu de deixar obra de grande valor, como os clássicos: *Recordações do escrivão Isaías Caminha* (1909) e *O triste fim de Policarpo Quaresma* (publicado em folhetim no ano de 1911). Recebeu como única distinção uma Menção Honrosa na edição de 1920 do Prêmio da Academia Brasileira de Letras.

"Triste" compõe *No bar* (1968), de Luiz Vilela (Ituiutaba, 1942), autor de contos, romances e novelas, clássicos como *O fim de tudo* (Prêmio Jabuti de 1973) e *O inferno é aqui mesmo* (1979). Vilela foi o vencedor do Prêmio Nacional de Ficção (1967) e tem livros publicados nos Estados Unidos, Alemanha, França, Inglaterra e Itália.

"Conto de escola" pertence a *Várias histórias* (1896), quinto volume de contos de Joaquim Maria Machado de Assis (Rio de Janeiro, 1839-1908), gênio maior da literatura brasileira, autor de obras-primas universais como *Memórias póstumas de Brás Cubas* (1881), *Quincas Borba* (1891) e *Dom Casmurro* (1899). Escrevia conto, crônica, poesia, romance, crítica e peças para teatro.

"Da amizade masculina", de Mario Sabino (São Paulo, 1962), foi publicado em seu primeiro livro de contos — *O antinarciso* (2005), ganhador do prêmio

Clarice Lispector da Biblioteca Nacional. O autor estreou com um romance forte, *O dia em que matei meu pai* (2004), já publicado na Itália e em Portugal.

"Conspiração" saiu em *O olho enigmático* (1986), coletânea de Moacyr Scliar (Porto Alegre, 1937), talvez o mais prolífico escritor contemporâneo, que escreveu obras referenciais como *O carnaval dos animais* (1968), *O centauro no jardim* (1980), incluído na lista dos 100 melhores livros de temática judaica dos últimos 200 anos feita pelo National Yiddish Book Center nos Estados Unidos, e *A orelha de Van Gogh* (1988), pelo qual recebeu o Prêmio Casa de Las Américas.

"Aventura de saber" está publicado em *Tempo das frutas* (1966), de Nélida Piñon (Rio de Janeiro), autora de romances como *A casa da paixão* (1972), *Tebas do meu coração* (1974) e *A república dos sonhos* (1984). Traduzida para inúmeros países, sua obra recebeu, entre vários prêmios, o Juan Rulfo (1995) e o Príncipe de Astúrias (2005).

"Aula de inglês" foi publicado em *Um pé de milho* (1948), de Rubem Braga (Cachoeiro do Itapemirim, 1913 — Rio, 1990), escritor que deu à crônica um status literário, deixando livros antológicos como *A borboleta amarela* (1955), *A cidade e a roça* (1957) e *Ai de ti, Copacabana* (1960). Em 1978, recebeu o Prêmio Especial, pelo texto do álbum *Água na boca*, concedido pela Associação Paulista de Críticos de Arte.

Este livro foi composto na tipologia Aldine401 BT,
em corpo 11,5/16, e impresso em
papel off-white 90g/m² no Sistema Cameron da
Divisão Gráfica da Distribuidora Record.